Fan
ファン文庫

ニシキタ満福亭

かりそめ夫婦のごちそうおむすび

著　烏丸紫明

マイナビ出版

お品書き

一品目／心に沁みるおむすび定食
003

二品目／玉子は最高のつきあい上手
055

三品目／個性よ光れ！ おむすび寿司？
105

四品目／ヤキモチ焼きの焼きおむすび
157

五品目／梅干しと、あなたと、巡る季節
205

一品目

‖心に沁みるおむすび定食‖

Nishikita Manpukutei

もう我慢の限界だった。

高井田美優《たかいだみゆ》は膝を抱え込むように身を小さくして、両手で耳を塞《ふさ》いだ。

それでも――他者の目がないからだろう。同僚三人のまったく遠慮のない姦《かしま》しい声は否応なく耳に入ってくる。

「何度も言うけどさぁ、篠原《しのはら》くんヤバくない？　マジでデキる男に進化してんじゃん。今日打ち合わせに来てたの、見た？　あの自信に満ち溢れた顔！　完全に一皮も二皮も剝けちゃってんじゃん！」

「ホントそれ。あんなの反則だよ。退職して、自分の会社を起こして、個人的に作って活用してたビジネスツールを商品化して売るって聞いたとき、『は？　何言ってんの？　馬鹿じゃないの？』って思った自分をマジでシメたい」

「わかる～！　でも、そう思ってもしょうがなくない？　私だって思ったもん。ウチは名の通った企業だし、このネームバリューと給料、充実した福利に篠原くんの肩書き、あとは篠原くんって一応出世コースに乗ってたわけでしょ？　だから将来も。それらを全部捨てて博打を打つって言ってるんだよ？　そりゃ、馬鹿なの？　って思うって」

「でも、それがめちゃくちゃうまくいって、半年も経たないうちにうちみたいな大きな企業と対等に取引する会社の社長になってるとかさぁ～」

三人がほうっと感嘆のため息をつく。

美優は唇を噛み締めた。篠原修人《しゅうと》――その名を聞きたくなくて、姿も見たくなくて、この資料室に逃げてきたのに。

「でも、今やウチの全社員がそのツールを使ってるもんねぇ。いやはやすごいわ」

「いやいや、ウチだけじゃないよ。個人でも、会社単位でも、使ってる人めちゃくちゃ多いよ。だって私、今、取引先との打ち合わせに使ってるの、ほぼそのツールだもん。もーこれが使いやすくってさぁ～！」

きゃあきゃあと黄色い声混じりの絶賛が続く。大きな戸棚の陰に隠れたまま、美優はギュッと目をつむった。もう聞きたくないのに……。でも、彼女たちはドアの前で話し込んでいるため、逃げ出すこともできない。

「わかんないもんだよね～。去年の秋までは常に斜に構えたヤル気のないダルっ子で、理屈屋で、いろいろこだわりが強くて、何かと細かい面倒くさいタイプで、しかも長年付き合ってる彼女を見下して二股かけるナチュラルクズだったのに」

その言葉に、思わずビクッと身を震わせてしまう。

「わかる。イケメンだけど、彼氏には絶対したくないタイプだったよね～。それなのに、たった半年であの化けようよ」

「それだけ会社がうまくいってるってことだよね？　あ〜。そう考えるともっと仲良くしとくんだったな〜。少し惜しくなってるのは、私だけじゃないって信じてる」

「いやいや、それはないそれはない。会社を起こして社長になって、誰もが羨むようなデキる男になったけど、ナチュラルクズは別に直ってないもん」

悔しげな二人に、一人がなんだか意味ありげにクスッと笑う。

「え？　そうなの？」

「うん、そこは全然変わってないよ。打ち合わせ終えて、帰りがけ、受付の水城《みずき》さんが『高井田さんを呼びましょうか？』って言ったらしいの。そうしたら篠原くん、なんて答えたと思う？　『高井田？　なんで？　なんか俺と関係ある？』だってさ！」

「ッ……！」

美優は目を見開き、両手で口を押さえた。

「ええっ!?　『なんか俺と関係ある？』って……」

「嘘ぉ！　それマジで言ってんの!?」

「マジマジ。でね？　水城さんったら悪いんだよ〜。『だって彼女さんでしょ？』って言ったんだって」

身体がガタガタと震え出す。そんな美優をよそに、三人がぶはっと吹き出した。

「彼女って……。いやいや、篠原くんにとって、高井田さんはただの浮気相手じゃん。知ってるくせに～」

「ね？　悪いでしょ？　もっと悪いのは篠原くんだけど。『は？　高井田が彼女だったことなんてないけど？　何それ？　どこでそんな話になってんの？』って笑顔で流して帰っていったらしいよ」

　三人が声を立てて笑う。

「うっそ！　彼女だったことなんてないとか！　よく言うよ！」

「まぁ、篠原くんにとってはそうなのかもしれないけどね？　高井田さんは浮気相手で、最初から最後まで遊びでしかなかったってことなんでしょ？」

「でも、それを笑顔でサラッと言う？　クズいわ～！」

「――――ッ！」

　彼女たちの――そして修人のものだという言葉に、息が止まる。

　ガツンと頭を殴られたかのようだった。衝撃と呼ぶべき激しい痛みが全身を貫く。

（う、そ……。彼女だったことなんて……ないって……）

　目の前が真っ暗になって、全身の震えがひどくなる。

（すべてが……嘘だったわけじゃないって……信じてたのに……）

ボロリと大粒の涙が零れ落ちる。

誰がなんと言おうと、それだけは信じていたのに。

「ねぇねぇ、篠原くんって、本命彼女さんに浮気がバレて、問い詰められて逆ギレして大喧嘩して、それが原因で彼女が失踪しちゃったんだよね？　そのあと必死に捜して、なんとか見つけて、関西かどこかに迎えに行ってたよね？　違ったっけ？」

「あってるよ、去年の秋でしょ？　関西って、彼女さんってば全力で逃げてんじゃん。篠原くんは『話をつけに行く』って言ってたらしいけど、いやいや……話すまでもなく結果出てんじゃん。関西まで逃げるってよっぽどだよ？　ってか、別れたくないんだ？　逆ギレまでしておいて？　って思った記憶ある」

「でも一人で帰って来て、彼女との別れで悟りでも開いたのか、すぐに辞表を出して、一週間で仕事の引継ぎを済ませて、有休消化に入ったって流れ。実際の退職は年明けて一月の半ばだったかな？」

「ねぇ、その間、篠原くんと高井田さんが一緒にいるところって見た？　そのあとでもいいけど。私、まったく見てないんだけど」

「私も見てないなー。篠原くんのクズっぷりからすると、きちんと謝って別れ話したかどうかも怪しくない？　高井田さん、普通に放置されてそうなんだけど」

「私もそう思う。ってか、高井田さんって、どの時点で自分が浮気相手だって知ったのかな？　知ってて付き合ってたなんてことはないよね？」

「まさかぁ！　それはないでしょ！」

「そうだよ。あの〝良い子〟の高井田さんだよ？　気弱で、大人しくて、文句の一つも言えない、だからすこぶる扱いやすい――みんなに都合の〝良い子〟の高井田さん！」

「っ……！」

そのひどい言葉に、美優は再びギュッと目をつむった。

ブルブル震えながら必死に嗚咽《おえつ》を噛み殺すも、次から次へと涙が頬を伝う。

そんな美優をよそに、三人が「やだぁ～！」「ひど～い」などと大声で笑い合う。

「でも、本当のことじゃん？」

「そうなんだけどね？　まぁ、都合もいいけど、純粋に良い子なのには違いはないし、不倫なんて絶対にできないタイプだよね。そんな度胸もなさそう」

「だよね～。間違いなく、篠原くんが言葉巧みに騙してたんだと思うわ～。だとすると、高井田さんが少し可哀想な気もするけど……」

一人のその言葉に、しかしほかの二人は「え～っ!?」「ないわ～！」などと不満げな声をもらす。

「同情の余地なんかないって。みんなからいいように使われてることわかってるのに、都合の〝良い子〟から脱却しようって気概とか、努力とか、まったく見えないんだもん。あれじゃつけこまれても仕方がないって言うか」

「だよね。自衛できないほうも悪いよ。大人しいのと、主体性がないのと、意思表示ができないのは別ものだよ。正直、見ててイライラすること結構あるもん」

「あーたしかに？　人の顔色を見て動いてるところとかは、私も無理かも……」

彼のことは「ナチュラルクズ」と呼びつつも黄色い声を上げ、自分のことは騙された被害者だと認識しつつもひどく冷めた声で「イライラする」「無理」などと批判する。

（どうして……？）

我慢の限界は、とうに超えていた。

（こ、ここまで言われなきゃいけないの……？　私が何をしたの……？）

主体性がないと言われても仕方がない――自己肯定感が低くマイナス思考で、周りの意見に流されがちで意思決定力に乏しい性格は自覚している。立派にコンプレックスだ。もちろん、直せるものなら直したい。この性格を一番嫌っているのは美優自身だからだ。

「なんで？　女の子で大人しくてお淑やかって、めちゃくちゃ美徳だと思うけど？」

かつて――彼がかけてくれた言葉が脳裏に響く。

「つい自分よりも誰かの気持ちを優先しちゃうのって、優しいからってのもあるんじゃないの？　そういうとこ、俺は大好きだけど？」

「っ……！」

頭を抱えて、さらに身を小さくして縮こまる。

あれも――すべて嘘だったのだろうか？

もう聞いていたくない。これ以上、ツラい事実を知りたくない。

（もうやめて……！　嫌……！）

「……ふ……」

今すぐ逃げ出したい。

消えてしまいたい。

たまらなかった。叫び出したい衝動に駆られたそのとき――バタバタと足音がして、資料室のドアが開いた。

「あっ！　いたぁーっ！　もぉ〜！　こんなところでサボってないでよ！」

美優がビクッと身を弾かせるのと同時に、三人が「あ〜」と残念そうな声を上げる。

「見つかっちゃったか〜」

「ごめんよ、みっこ。しゃべりたくて我慢できなくてさ」

「わかるよ？　篠原くんのことでしょ？　打ち合わせに来てたもんね。わかるけどさぁ、三人一度にサボられたら困るんだよ」

みっこと呼ばれた同僚が、「さぁ、行くよ！」と三人を促す。

パタンと音を立ててドアが閉まった。

「しゃべり足りな～い！　ねぇ、今日、呑みに行かない？　もっと話そうよ」

「いいね！　どこにする？　いつもの海鮮居酒屋にする？」

「私、今日は海鮮より焼鳥の気分だな～。みっこも行く？」

「行くに決まってんでしょ！　も～！　私だけハブりやがって～！　私も交ぜろ！」

四人の賑やかな声が遠ざかってゆく。

「――――っ！」

美優は大きく身を震わせ、その場に突っ伏した。

「ふ……う、ぁ……」

もう自分を抑えることなどできなかった。

「あ、あ、あ……！」

両耳を塞いだまま、嗚咽する。

（もう嫌……。なんで……なんで……）

どうしてこんなことになってしまったのだろう？

（ただ……修人さんを……好きになっただけなのに……）

彼から告白されたときは、夢でも見てるんじゃないかと思った。

ひどく驚いて、すぐには信じられなくて――だけど胸に押し寄せる圧倒的な多幸感に思わず泣いてしまった美優を、彼は優しく抱き締めてくれた。

それから、彼と一緒に過ごした時間は、ただただ幸せだった。

それなのに――。

（そのすべてが……嘘でしかなかったなんて……！）

彼が二股をかけていたこと。

浮気を知って失踪してしまった本命の彼女を捜していること。

美優は、この事実を社員の噂話で知った。

最初に聞いたときは、何かの間違いだと思った。そんなわけがないと。

でもその直後から、彼は電話に出てくれなくなった。メールやメッセージにも返事がない。

会社には毎日出てきているのに、美優からの連絡はすべて無視。

それで――噂は真実なのだとわかった。

つらくて、悲しくて、苦しくて――知らなかったとはいえ、本命の彼女さんに対して自分がしてしまったことが怖くなって、それからは連絡自体できなくなってしまった。

そうこうしている間に、彼は辞表を提出。会社からいなくなってしまった。

「っ……！　あぁ、あ、あ、あ……！」

二股は――悲しいけれど事実なのだろう。自分のほうが浮気相手だったことも。

それでも、まだ心のどこかで信じていた。彼の口からきちんと説明してくれるはず。言い訳もしてくれるはず。そしてきっと謝ってくれるはずだと。

彼の言葉のすべてが嘘だったわけじゃない。本当のこともあったはずだからと。

そんな――儚くも淡い期待まで、見事に打ち砕かれてしまった。

「も……嫌……」

消えてしまいたい。少なくとも、もうここにはいたくない。

この会社は、どこもかしこも彼との思い出だらけだ。最初に声をかけられた給湯室。出勤時、退勤時、何度も待ち合わせをした1Fのコーヒースタンド。この資料室だって、彼が「泣きたいときの避難場にいいよ」と教えてくれた場所だ。

家も、彼との思い出ばかり。情けないと思うけれど、彼のために買ったシャンプーに洗顔料、歯ブラシなども、実はまだ捨てられていない。おそろいのマグカップもだ。

彼が可愛いと言ってくれたピンクのシーツ。ハートのクッション。彼が「こういうの使ってる子っていいよね」と言ってくれた、真っ白の鏡台。彼の好みに合わせて買った香水に、淡いピンクのリップ。彼が置いていった下着や漫画類も、まだ部屋にある。

「嫌……。もう、嫌……」

それらすべてから逃げ出したい。もう二度と目に入れたくない。つらくて、悲しくて、苦しくて、情けなくて、たまらなくなってしまうから。

すべてを彼のせいにするつもりはないけれど、自分の見る目のなさを含めて問題点はいくつも自覚しているし、後悔も反省もしているけれど——そんなこと一切関係なく、すべてを放り出して、なかったことにして、消えてしまいたい。

心無い噂話も、悪口も、もう聞きたくない。

自分とのことを忘れたかのような彼の輝かしい活躍も知りたくない。

そして、淡い期待が捨てられず、現実から目を背けてウジウジしている自分も——。

（もう嫌っ！）

「ッ……！」

美優は奥歯を噛み締め、素早く立ち上がった。そのまま資料室を飛び出す。

心のままの——衝動的な行動だった。

美優は涙を吹き零しながら走った。

逃げるために。

消えるために。

◇＊◇

「え……？」

関西の『住みたい街（駅）ランキング』にて、何年も連続で第一位に輝いている街、兵庫県は『西宮北口《にしのみやきたぐち》』――。

大阪梅田《おおさかうめだ》にも、神戸三宮《こうべさんのみや》にも、特急電車で十五分弱で到着する利便性の良さに加えて、駅の周辺には西日本最大級の売り場面積を誇る阪急西宮《はんきゅうにしのみや》ガーデンズをはじめとする大型ショッピングモールやそのほか商業施設、おしゃれなカフェや飲食店が集まっていると一応知ってはいたけれど、実際に目の当たりにすると自分が住んでいたころとの違いに驚いてしまう。

阪急西宮北口駅からその阪急西宮ガーデンズに繋がる連絡橋からあたりを見回して、美優はパチパチと目を瞬《しばたた》いた。

「北口、だよね……？」

記憶の中の阪急西宮北口駅とはだいぶ違う。5号線ホームが高架化した影響だろう。駅自体が広く大きく、そしてオシャレになっている。当時はまだ阪急西宮ガーデンズがなかったのだから当然だけれど、この連絡橋自体はじめてだ。

「すごい……。変わったなぁ……」

美優が八歳のとき以来だから、変わって当然なのだけれど。

「十六年ぶりかぁ……」

母が美優を連れて、ここ——西宮を離れたのが、十六年前。

酒癖が悪く、ギャンブル依存で、ひどく暴力的だった父から逃げるためだった。

そのため——父親についてはいい思い出がないのもあり、美優にとって地元と言えば母の実家のある埼玉県さいたま市で、帰りたいなんて思ったことはなかったのだけれど、『逃げたい！』と思ったとき、まっ先に思い浮かんだのは、なぜかここ——西宮だった。

「…………」

駅から、ガーデンズに沿うように南へ、ゆっくりと歩く。

とても賑やかで華やかだけれど、市が文教地区として力を入れているのもあり、今は雀荘やパチンコ屋、ゲームセンター、カラオケボックス、サウナやカプセルホテルなど、歓楽的要素の強い施設はほとんどないらしい。代わりに、大学のキャンパスがいくつもあり、周辺の私立の小・中学校の偏差値も軒並み高め。学習塾や予備校も数多くあって、学びの街としての色が強いとのこと。だからこそ良い環境で子供を育てたい親御さんにとても人気なのだそう。

(私が生まれたころには、阪急西宮スタジアムと西宮球技場、スタジアムの中には西宮競輪場なんかもあって、おじさんたちで賑わっていたらしいけど……)

しかし、美優自身はまだ幼かったため、それについてはよく覚えていない。

はっきり覚えているのは、それらの施設が解体されてぽっかりと空いた広い敷地と、その片隅にあった仮設の分譲マンションのモデルルーム。当然ながらもう影も形もない。

「あ……桜が……」

ひらひらくるりと、薄紅《うすべに》が舞う。

誘われるように顔を上げると、駅からの道と山手幹線が交わる交差点——その歩道にポツンと一本だけ桜の木があった。

太い枝を何本も切られているため歪《いびつ》な形をしているけれど、見事に咲き誇っている。もうだいぶ日もかげってきているけれど、それでも薄紅がとても鮮やかで、華やかで、見惚れるほど美しい。

「……綺麗……」

するりと、素直な思いが零れる。

口にして――気づく。美優はハッと息を呑んだ。そうだ。もう桜の季節なんだ。

「……っ……」

美優は奥歯を噛み締め、思わず両手で顔を覆った。

兵庫県よりも東京都のほうが桜の開花は早い。美優の職場は新宿中央公園の近くだ。

新宿中央公園は桜で有名で――しかも週に一度は、新宿中央公園のＳＨＵＫＮＯＶＡの某コーヒーチェーン店にも訪れている。その店は公園側がガラス張りで、店内のどこからでもその見事な桜を望むことができるのに。

「桜……大好きなのに……」

毎年、この季節を楽しみにしていたのに。

去年の晩秋からこちら、どれだけ彼のことで頭がいっぱいだったんだろう？

幸せな恋人同士の――大好きな彼のことしか目に入らない〝頭がいっぱい〟だったら、どんなによかっただろう。

でも――そうじゃない。

自分は、恋人ですらなかったのだから。

「っ……」

鼻の奥がツンと痛くなって、じわりと涙が滲む。美優は慌てて首を横に振った。

(やめよう……。彼のことを考えてちゃ、逃げてきた意味がない……)

ごしごしと乱暴に目もとを擦って、美優は身を翻した。

(駅の北側に行ってみよう。住んでいたのも、よく利用していたのもあっちだったし、こっちよりは見知った景色も多いかもしれない)

気温が下がって、肌寒くなってきた。

美優は足早に駅へと戻り――少し考えて、まずは北西出口へと向かった。

「え――?」

外に出て、思わずポカンと口を開けてしまう。

「き、北口駅前公園が……ない……」

駅の目の前にあったはずの小さな公園が、姿を消してしまっていた。たくさんの緑も、特徴的な街灯も、緑のアーチもない。大好きだった桜の木もだ。

三角形の石畳のスペースに三本のけやきの木が配置されていて、その周りをぐるりと円形に囲む石造りのベンチが設置されている。――それだけ。

「……うそ……」

公園や広場よりも駅前ロータリーと言ったほうが適切かもしれない景色に、しばらく呆然としてしまう。

特徴的なデザインの時計塔だけは存在していたけれど、こちらは移動したのだろう。記憶と場所が大きくズレている。

（桜と寄り添う……あの時計塔が好きだったのに……）

北西出口あたりは多くのビルが立ち並ぶオフィス街なのもあって、それ以外は大きく変わった様子はない。テナントが入れ替わっていたり、そのために看板が違っていたり、そんな程度だ。

（一番変わっていてほしくなかったところが……変わっちゃったなぁ……）

北口駅前公園で、よく母のパートが終わるのを待っていた。

美優と同じく、『まぁちゃん』という女の子もこの場所で頻繁に時間潰しをしていて、よく一緒におしゃべりをして過ごしていた。

（そうだ……。今、あの子はどうしてるのかな……？）

「まぁちゃん」と呼ばれていたこと以外、本名も住んでいる場所もいっさい知らない。美優は子供用ケータイなど持っていなかったから、連絡先も知らない。

そのため、母が突然美優を連れてこの土地を離れて——それっきりだ。

「……っ……」

美優は唇を噛み締め、素早く身を翻した。

足早に駅構内へ戻り、そのまま北東──ACTA西宮に連絡。外通路をまっすぐ進み、施設北側の駐輪場へと出た。

北東側は一部の建物が新しくなっていたり、ビルのテナントが替わっている程度で、ほとんど記憶のままだった。

（そりゃ、こっちはそうか……）

駅の北東側は阪神《はんしん》・淡路《あわじ》大震災で大打撃を受けた場所で、その後の大幅な区画整理によって生まれた比較的新しい住宅街だ。ACTA西宮も、美優が離れる前にできている。

美優は息をついて、ゆっくりと歩き出した。

「…………」

駅からほんの少し歩いただけで緑豊かな閑静な住宅街が広がり、子供たちの楽しげな声が響く公園はもちろん、手入れされた畑などもまだ数多く残っている。

賑やかでありながら、閑静で落ち着きがある。おしゃれでありながら、ナチュラル。そして都会でありながら、どこかのどかで牧歌的──。

環境のバランスがとてもよい、なんとも魅力的な街だ。人気があるのも頷ける。

美優は、公園で元気に駆け回る子供たちを眺めながら、さらに唇を噛んだ。

（こっちはあまり変わってないのに……）

それなのに、見れば見るほど寂しさが募ってゆくのはなぜだろう？

その寂しさが、思い出の場所がなくなっていた衝撃よりも心に重く伸しかかる。

「むしろ、あまり変わってないから…なのかな…？」

十六年の歳月を感じさせない――あのころとほとんど変わらない街並み。

その中にいると、あのころとまったく変わってしまった――独りぼっちの今の自分が浮き彫りになるからだろうか？

美優は一つため息をつくと、楽しそうな子供たちの声を避けるように脇道へと入った。

そう――。独りぼっちだ。父はどこで何をしているのかもわからない。生きているか死んでいるかさえも。

母方の祖母は美優が中学一年生の時に、そして母は短大を卒業した直後に他界した。ほかに頼れる身内はいない。

親友と呼べるような深い付き合いの友達は、一人もいない。いや、ただの友達ですら危うい。美優が友達だと思っていても、相手はそう思っていなかった――そんなことは数え切れないほどある。

どうしてなのかはわからない。けれど、同僚たちも言っていたように、好かれようと努力すればするほど、〝都合の良い子〟となってしまうのだ。

友達だと思っていた子に陰で悪口を言われていたことも、何度もある。

その文言も、いつだって同じだ。「つまらない」「大人しすぎる」「良い子ちゃん」「偽善者」「主体性がない」「人の顔色を窺ってばかりでムカつく」――。

それだけじゃない。恋人だと思っていた人にすら、「恋人だったことなんてない」と言われてしまった――。

「……っ……」

美優はギュッと目をつむり、両手で顔を覆った。

どうして、自分はこんななんだろう？

どうして、普通の人が普通にできていることができないんだろう？

自分には難しいから――わからないから、誰か教えてほしい。正しい絆の結び方を。嫌われることなく、都合の良い子になることなく、仲を深める方法を。

「……ふ……」

涙があふれそうになってしまって、美優は慌てて頭《かぶり》を振った。

「ダメ……」

こんなことでは、本当に逃げてきた意味がない。ウジウジ考えてグズグズ泣いているだけじゃ、なんのために来たのかわからない。

もうクヨクヨするのはやめないと。

自分の中でも終わりにしなきゃ。彼の中ではとっくにそうなんだから。

そして忘れなきゃ。

立ち直らなきゃ。

笑わなきゃ。

そう――必死に自分を奮い立たせようとするも、うまくいかない。

「きっと、ここがダメなんだ……」

ここにいると寂しくなってしまう。逃げ場所にここを選んだのが、そもそもの間違いだったのかもしれない。

「……梅田まで戻ろう……」

ＪＲ大阪駅は美優が関西を離れてから全面改装され、駅の北側――通称『うめきた』地区も再開発され、世界に誇るゲートウェイとして華やかに発展した。

当然、美優はまだ行ったことがない。ＪＲ大阪駅ナカ、駅ビル、グランフロント大阪、ヨドバシカメラＬＩＮＫＳ ＵＭＥＤＡ、さらにその周辺だけで丸一日以上遊べるはずだ。

キラキラしていて、華やかで、おしゃれで、目新しいものに囲まれていたら、きっとクヨクヨしないで済む。

「そうしよう……！」

もう一度心を奮い立たせて、駅に戻るべく踵を返した――そのときだった。お出汁とお味噌の芳しい香りが鼻腔をくすぐる。

ほぼ同時に、ぐうっとお腹が鳴る。そういえば、もう夕飯の準備をはじめる時間だ。それで、朝から何も食べていないことを思い出す。美優は、その美味しそうな匂いに誘われるように視線を巡らせた。

「……！」

立ち並ぶナチュラルテイストの家々の中にある――総二階の京町家ふうの和モダンな一軒家に目を奪われる。

きりりと美しい一文字瓦に、黒漆喰の壁。同じく漆黒の出格子《でごうし》、千本格子の引き戸。一階はどうやら店舗となっているようで、美しい白藍《しらあい》の暖簾《のれん》がひらりと揺れていた。

引き戸の横には、看板と呼ぶには小さい――陶器製の表札がかかっており、そこには流麗な文字で『おむすび 満福亭《まんぷく》』と書かれている。

「福で満たされる…まんぷく……」

通りに置かれた立て看板には、『丁寧に炊いた、絶品かまどご飯のおむすび』『粘り、ツヤ、旨味、甘み、保水性のバランスが良い「冷めても美味しい」品種を厳選して使用しています』という文言が。

思わず、ゴクリと喉が鳴る。

住宅街の中にポツンとある、隠れ家的なお店。引き戸が閉まっているため中の様子はわからない。ほかにお客さんはいるのだろうか？　その全員が顔見知りの常連さんで、疎外感がすごかったらどうしよう？　引っ込み思案な性格も手伝い、そういうお店にはいつもなら入れないのだけれど——引き戸の傍に置かれた行燈《あんどん》の柔らかな光になんとも心惹かれる。

美優は勇気を振り絞って、戸をカラカラと開けた。

「いらっしゃいま——」

カウンターの奥には、人形のように整った顔立ちの男性が立っていた。

引き締まった精悍《せいかん》な頰。すっと通った鼻筋。それに反するように細くて柔和《にゅうわ》な眉に、トロリとしたチョコレート色の甘やかな双眸《そうぼう》。薄くて形の良い唇は穏やかに弧を描く。

そんな——思わず息を呑むほどの美青年は、言葉途中でハッと息を呑んで、大きく目を見開いた。

「え……？」

そのまままるで感極まったといわんばかりに顔を歪《ゆが》め——しかしすぐに慌てた様子で頬を引き締める。口もとを手で覆い、気持ちを落ち着けるように何度か深呼吸して——それから再びにっこりと笑った。

「いらっしゃいませ。店内でお召し上がりですか？　お持ち帰りですか？」

「…………」

——なんだろう？　今の表情。

疑問に思ったものの、角を立てずに聞き出すだけのコミュニケーション能力はない。美優はあやふやに笑って、小さな声で「食べていきます……」と答えた。

「では、こちらの席へどうぞ」

明るい笑みで、男性——店主が目の前の席を示す。美優はおずおずとその席に座って、あらためて周りを見回した。

『うなぎの寝床』と呼ばれる京町家らしい、奥に長い店内。

清々しい清潔感のある白木のカウンターに、等間隔に下がるまるい和紙製シェードのペンダントライト。温かみのある漆喰の塗り壁には、はんなりと美しい桜の枝を生けた、自然な風合いを生かした焼き物の一輪挿しが掛かっている。

無駄が一切なくすっきりとしていて、明るく清潔感がある。それでいてとても温かく、どこか懐かしく、ほっと落ち着く――なんとも素敵なお店だった。

暖簾が下がった奥の厨房からは大きなかまどが覗いており、あれでお米を炊くのだと思うと、期待に胸が高鳴った。

「ご注文がお決まりになりましたら、お声がけください」

お冷ではなくほうじ茶と熱いおしぼり、メニューカードが目の前に置かれる。

「あ……え、えっと……注文は……」

あたふたとメニューカードを手に取る美優に、店主は「ゆっくりお選びください」と優しく笑った。

「おむすびの具材は五十種ほどございます。さらに、お客さまの好みに合わせて複数の具材を組み合わせていただくこともできます」

「五十種も……」

メニューカードには、おかかや昆布、焼鮭、時雨、納豆、ツナマヨなどの定番から、いぶりがっこチーズや明太子バター、ピーナッツ味噌、コンビーフマヨなどの変わり種。さらには、くぎ煮や桜の梅酢漬け、菜の花などの季節限定ものに、すじこや雲丹《うに》味噌、鰻の蒲焼などの少し高級な具材までずらりと並んでいる。

「すごい……」

どうしよう？　シンプルな塩むすびもいいけれど、せっかくなら春限定の豆ごはんや桜の梅酢漬けもいい。くぎ煮は久々に食べたいし、菜の花だって捨てがたい。牛すじや卵黄醤油漬けなどの鉄板の具も食べたい。生姜佃煮やラー油きくらげも面白そうだ。

（大人のツナマヨってどんな味なんだろう？　葉ワサビツナマヨとは違った大人感なのだから、もしかしてニンニク系？　それともとうがらし系かな？）

味が想像できないものも多い。酒盗《しゅとう》バター、オイル鯖、焼鯖パクチー――メニューを見ているだけでわくわくしてしまう。

「セットメニューは、お味噌汁セット、玉子焼きセットの二種類がございます」

「セットメニュー……」

「ええ。裏面に記載が」

メニューカードをひっくり返すと、たしかに書かれている。

好きなおむすび二つ――あるいは三つに、無料でお味噌汁とおしんこがつくセット。

さらに、プラス五十円で玉子焼き（三切れ）がつくセット。

美優はそれを見ながら少し考え、おずおずと店主を見上げた。

「あの……おむすびの海苔って……焼き海苔ですか？」

「いえ、お選びいただけますよ。焼き海苔と味海苔と」

「……！　ほ、本当ですか？」

店主の笑顔の回答に、思わずぱぁっと顔を輝かせてしまう。

「じゃ、じゃあ、味海苔で、塩むすびとくぎ煮。玉子焼きセットでお願いします！」

「かしこまりました。お味噌汁は、なめこ汁と本日のお味噌汁のどちらかからお好みをお選びいただけるのですが、いかがなさいますか？　本日のお味噌汁は、さつまいもになっておりますが」

「えっ⁉」

美優は目を丸くした。さつまいものお味噌汁？

「ぜ、ぜひ、さつまいものほうで！」

「かしこまりました。少々お待ちください」

店主が丁寧に頭を下げてから作業をはじめる。

美優は唇を綻ばせ、少しウキウキしながらほうじ茶の湯呑を両手で包んだ。

（嬉しい……！　味海苔のおむすびに、さつまいものお味噌汁なんて……！）

どちらも、美優にとっては思い出の味。まさかもまさかの、嬉しい誤算だった。

（懐かしいなぁ……）

西日本では、おむすびに味海苔を使う家が多い。

小さいころ、母が作るおむすびは味海苔を使っていた。しかし、もともと母は埼玉の生まれ。そのため、埼玉の実家に越してからは焼き海苔を使うようになってしまった。それまでは父の好みに合わせていただけだったのだ。

（そもそも、関東ではおむすび用の味海苔って手に入りにくいんだよね……）

関東で味海苔といえば、板海苔を八等分した八切、あるいは十切や十二切サイズの、いわゆる『卓上海苔』と呼ばれるものばかりだ。おむすびによく使われる三切サイズはほとんど見かけない。

埼玉に越してきたばかりのころは焼き海苔のおむすびに慣れなくて、そういう事情も知らないうえに美優自身幼かったのもあって、「いつものやつが食べたい！　いつものおむすびにして！」と我儘を言ったものだった。

（そのたびに、困ったお母さんが卓上海苔を使った小さめの俵形のおむすびを作って、それを見てまた癇癪を起こしてたよね。これじゃないのって……）

チャカチャカという玉子をかき混ぜる音に誘われるように、店主の手もとを見る。

玉子焼きの味付けは、砂糖と少しの塩、それからひとつまみの出汁粉のようなもの。

（あ……。うちと同じだ……）

さらに期待値が上がる。

銅の玉子焼き用のフライパンを熱し、油をなじませて、卵液を少しずつ流し込んで、くるくると器用に巻いてゆく。

隣のコンロでは、お味噌汁をゆっくりと温め直している。

(さつまいものお味噌汁も。お父さんの好物だったな……)

おむすびと同じく祖母の好み——母が幼いころから慣れ親しんだ味に合わせるようになったため、使用する出汁や味噌も以前と変わってしまったうえ、祖母がさつまいもをお味噌汁の具材として使うことを嫌ったため、こちらも幻の味となってしまっていた。

(くぎ煮もそうだよね……)

くぎ煮は神戸・明石《あかし》の漁師町に古くから伝わる家庭料理だ。

いかなごという魚の新子《しんこ》を佃煮にしたもの。できあがりが折れた曲がった釘のように見えるため、くぎ煮と呼ぶ。

阪神間では、春にいかなご漁が解禁になると、スーパーにくぎ煮用のセットが並ぶ。このあたりの春の風物詩だ。

くぎ煮において、何よりも重要なのは鮮度だ。鮮度の良い生の新子が手に入らないと作ることができないため、母のくぎ煮を最後に食べたのも十六年前のことだ。

店主が玉子焼きを作り終えて、三角形の穴がいくつも開いた薄い木枠を水で濡らしてまな板の上に置く。余分な水分をサッと布巾で拭いてから、傍らの保温櫃を開けた。

ふわっと湯気が上がって、ご飯特有の甘い香りが鼻腔をくすぐる。

中には、真っ白にツヤツヤと輝くご飯の姿が。少し離れていても、一粒一粒がピンと立っているのがわかる。

「う……わ……！」

「ラッキーでしたね。実は、先ほど炊き上げたばかりなんです」

思わずゴクリと生唾を飲み込んだ美優に、店主が滅菌手袋をしながら微笑む。

「そうなんですか？　嬉しい……」

「やっぱり、炊き立ては格別ですからね」

そう言って、熱いご飯を手ですくって、木枠の上にふんわりと置く。——二つ分。

一つには何もせず、もう一つにはたっぷりのくぎ煮を載せて、再び同じぐらいの量をふんわりと置く。——どうやら、木枠にご飯を押し込んでおむすびにするのかと思っていたけれど、あれは押し型ではなくおおよそのご飯の量を量るためのものらしい。

準備が済んだら木枠をサッと裏返してこんもり盛られたご飯から外し、水塩を両手に霧吹きで吹きかけてから、ご飯を手に取る。そのまま、手の中で一、二、三と転がして、大きめの海苔で包み込む。

「え……？」

あまりの早業に、美優はパチパチと目を瞬いた。

（え？　ちゃんと握った？　三回転がしただけに見えたけど……？）

ぽかんとしている間に、もう一つも結び終え、お皿へ。お椀によそったお味噌汁と、カットして盛りつけた玉子焼き、おしんこを添えて、目の前にやってくる。

「――お待たせいたしました」

お米の艶めく白がまぶしい大きめのおにぎり二つに、ほかほか湯気の上がるお味噌汁。黄色が鮮やかな玉子焼き――そのビジュアルに胸が高鳴る。

逸る気持ちを抑えて、「いただきます」と手を合わせて大きいおむすびを手に取った。

指で触っただけでも、ふっくら炊き上げたお米を少しも潰すことなく、丁寧に結んであることがわかる。ほかほかと温かく、ふわふわと柔らかい。しかし、大きめの海苔で包み込んであるからか、手の中で崩れてしまうことはない。

その――空気をたっぷりと含んだ柔らかな結び具合のせいか、一口頬張った瞬間に、ご飯が口の中で心地よくほろほろとほどける。そのまま口いっぱいにお米が広がって、えも言われぬ幸福感に包まれる。

そのうえで、嚙み心地はもちもちとして、お米自体の粘りと弾力が楽しめる。

(絶妙……！)

使っている海苔も、塩も、ご飯もとてもいいものなのがわかる。

だけどこれは、それぞれをそのまま食べたのでは絶対に味わえない美味しさだろう。

味海苔の磯の香りと旨味、丸みのある柔らかな塩味、続いてご飯のふくよかな甘味と色の違う味わいが、互いに手に手を取り合って美味しさの次元を跳ね上げている。

「美味しい……！」

素直に、心の底から、美味しいと思う。

なんだろう？　おむすびを食べたときのこの安心感は。

魂と言うのだろうか？　それとも、日本人のＤＮＡ？　普段は意識していない身体の奥深くにあるものが喜んでいるよう。

「ああ、本当に……美味しい……！」

かなり大きめなのに一つペロリと食べ切ってしまって、すぐさま二つ目を手に取る。

「えっ……!?」

一口食べて、美優は目を丸くした。

そのままましげしげと、手の中のおむすびを見つめる。

「嘘……」

慌てておむすびをお皿に戻して、箸で具材のくぎ煮だけ摘まんで口に入れる。

記憶の中の母の味――。

「な、なんで……？」

くぎ煮は『神戸・明石の漁師町に古くから伝わる家庭料理』のため、厳密なレシピは存在しない。いかなごの新子を醤油・砂糖・生姜で佃煮にする、とだけ。そのため当然、各家庭によって味が違う。

母のくぎ煮は、醤油少なめで砂糖の半量をはちみつにし、たっぷりの実山椒を加えたかなり薄味で風味豊かなものだ。醤油・砂糖・生姜で佃煮にするという基本のレシピを崩しているため、なかなかほかにはない味だと思うのだけれど。

「…………」

美優は呆然としたまま、玉子焼きへと箸を伸ばした。

味付けで使う調味料が実家と同じだったため、なんとなく予想はしていたが――。

「っ……」

きゅうっと胸が締め付けられる。

（すごく……似てる……！）

いや、同じと言ってもいいかもしれない。実家で出てきたら、他人が作っただなんて夢にも思わないだろう。

(お母さんの……味だ……!)

黄色が鮮やかで、巻きはしっかりめで、噛めばふんわりと口の中に広がる優しい甘さ。そして、最後にほんのりとお出汁が香る――。

あまりにも懐かしくて、思わず涙が溢れそうになってしまう。

「……っ……」

目が潤んでしまったのを隠すように、お味噌汁を啜《すす》る。

しかし、それはまったくの逆効果だった。

「……ふ……」

香り豊かなかつお出汁に甘口の米味噌、ほくほくとしたさつまいもが懐かしくて――

結局ほろりと涙が零れてしまう。

美優は慌てて手で目もとを隠した。

「っ……す、すみません……。あ、あの、その……な、亡くなった母の味に……すごく、よく似ていたもので……」

咄嗟に言い訳したものの――そんなことで泣かれても困るだろう。

　ごめんなさいと謝りながらゴシゴシと目もとをこすっていると、しかしそんな美優に店主は優しく微笑んで新しいおしぼりを差し出した。

「そう言っていただけて、嬉しいです。目指したのは、あなたのお母さまの味ですから。みゅーちゃん」

「え……？」

『みゅーちゃん』？

　美優はポカンとして店主を見上げた。

　たしかにここにいたころ、そう呼ばれていたこともあった。でも——目の前の男性に見覚えはない。

「え？　あ、あの……？　失礼ですが……？」

　オドオドと視線を彷徨《さまよ》わせながら尋ねると、店主が苦笑する。

「やっぱりわかんないかな？　覚えてない？　僕、『まぁちゃん』なんだけど……」

「はい……？」

　思いがけない言葉にポカンと口を開けて——美優は首を横に振った。

「あの、まぁちゃんは女の子なんですけど……。しかも超絶美少女です」

「やめてよ……。わりと黒歴史なんだから……」

きっぱりと言い切った美優に、店主がなんとも恥ずかしそうに顔を赤らめる。

「やっぱり、今もそう思われてたか……。いや、でも本当に、まぁちゃんは僕なんだよ。なんて説明すればいいのか……」

店主は困ったように頭を掻いて、小さく肩をすくめた。

「子供のころはわからなくても……今は薄々気がついているよね？　まぁちゃんが放置子だったってこと」

「え？　あ……」

美優は躊躇《ためら》いながらも頷いた。

放置子とは——簡単に言えば、親からほったらかしにされている子供のことを指す。専門用語ではなく、主にネットやメディアで使われている俗称だ。

当時、まぁちゃんは、母親から「十八時半前に家に帰ってきてはいけない」とキツく申し渡されていたそうだ。小学二、三年生の子には、かなり遅い時間だといえるだろう。

最近、放置子の問題はネットやメディア等で取りざたされているけれど、その多くは親からほったらかしにされてきちんと教育や躾を受けられていない放置子が、ご近所に迷惑をかけているというパターンだ。

毎日押しかけてくる。約束をしていなくても来る。子供の友達だからと家に入れたら冷蔵庫を勝手に開け、ものを食べてしまう。その家の子供と同じく自分ももらえるものと考え、当然のようにおやつを要求する。長時間居座る。家の物を勝手に持ち帰るなど。

まぁちゃんは、体面を気にする親から、誰かに迷惑をかけることだけはするななどと言い含められていたのか、それとも人見知りだったせいなのか、そういったことをしていたという覚えはない。少なくとも美優は知らない。公園などで独りで図書館で借りた本を読んでいる子だった。

仲良くなったのは、パートを終えて美優と合流した母が声をかけたことがきっかけ。

「独り？」という母の質問に、まぁちゃんは表情一つ変えず、「はい」と答えた。

「何時に帰るの？」と訊くと、「今日は十九時半と言われています」と言った。そして、「大丈夫です。駅前はおまわりさんも来るから、もう少ししたら移動します」とも。

補導されたら怒られてしまうのだろう。その言葉に驚いた母は、彼女を家に誘った。

「おうちでお夕飯を食べられなくて怒られたら大変だから」と、小さなおむすび一つとお味噌汁を出したら、とても喜んで食べていたのを覚えている。

その日から、駅前公園で会うと少しずつ話すようになって――仲良くなった。

十八時半でも充分遅いと思うけれど――彼女がそれ以上遅い時間まで帰ってくるなと申し渡された日には、必ず美優の家に招いた。もちろん、父親が家にいる日を除いて。

「髪は切ってもらえなくて伸ばしっぱなしだし、服も自分のものは買ってもらえなくて姉のお古を着ていたから、まぁ……誤解もされるよね……」

店主が小さくため息をつく。美優はあっけにとられて口を開けた。

「じゃあ……ほ、本当に……？　あの……まぁちゃんなの……？」

「うん、みゅーちゃんちでごちそうになったものも全部言えるよ」

それは証拠にはならないだろう。なぜなら、美優のほうが覚えていないからだ。

しかし、美優の母の味をほとんど再現できている時点で、疑いようもない。

美優が家に招いたことのある友達は、まぁちゃんだけだからだ。

「誤解をそのままにしていたのは……当時のみゅーちゃんは男の子が嫌いだったろう？　お父さんと、いじめっ子の同級生のせいで」

「え……？　あ……」

「だから、男だってバレたらもうお話ししてくれなくなるんじゃないかって……怖くて言えなかったんだ。ゴメンね」

「あ、そ……そんな……。こちらこそ、その……気づかなくて……」

謝られてびっくりしてしまい、オタオタと両手を振る。

「お、仰るとおり、あのときに聞いてたら……私……逃げちゃってたと思うので……」

「でも、ものすごく後悔した。みゅーちゃんがいなくなったときに。名前も何も伝えてなかったから……連絡もらえなかったのかなって……」

店主が寂しげに視線を揺らし――俯く。美優は慌てて頭を下げた。

「ご、ごめんなさい……。わけもわからないうちに、埼玉に連れていかれたので……。は、母も、父から逃げるのに必死だったと思うので……その……」

「あ、責めてるわけじゃないから謝らないで。ただ、少し寂しかったって話で」

焦る美優に、店主は気を取り直したようにそう言うと、にっこりと笑った。

「また会えてうれしいよ。あらためて――相馬将臣《そうままさおみ》って言います」

「あ……た、高井田に苗字が変わりました。高井田美優です……」

その――優しくて、柔らかくて、穏やかで、明るく人懐っこい笑顔にホッとする。

「じゃあ、ええと……将臣、さん……将臣くん？　このくぎ煮と玉子焼きは……」

「ふふ、そう呼ばれるとくすぐったいね」

店主――将臣ははにかんで頷いた。

「うん、そうだよ。お味噌汁と玉子焼き、浅漬け、おむすびの具材のくぎ煮、肉そぼろ、椎茸醤油バター、そしてぼっかけはみゅーちゃんのお母さんの味を目指して作り上げたレシピなんだ」

「母の……」

「うん、僕の思い出の味だから……」

その言葉に、じんわりと胸が熱くなる。

(嬉しい……)

美優だけじゃなかった。同じ思い出を共有する——仲間がいた。

「あのころの僕は……みゅーちゃんと一緒に過ごす時間と、みゅーちゃんのお母さんがごちそうしてくれたご飯に救われていたんだ。もしかしたら、今も……」

懐かしそうに目を細めて、そこまで言って——しかし将臣はすぐにハッとした様子で口をつぐむと、取り繕うように両手を振った。

「まぁ、今は僕の重い話はいいんだよ。それより、今日はどうしたの？　って言うか、何かあったの？　その……」

将臣が言い淀み、心配そうに眉を寄せる。

「遊びに来たって恰好じゃないなって……。しかも、ジャケットもスプリングコートも、バッグの一つすら持ってないみたいだし……」

「あ……」

そのとおり。衝動的に逃げ出して来てしまったため、スマートフォンと社員証の中に入れておいたＩＣカードしか持っていない。バッグはもちろんのこと財布も上着もすべて会社に置きっぱなしだ。

今や、スマートフォンがあればなんでもできてしまう。さらにＩＣカードのほうも、先日多めにチャージしたばかりだったので、支払いには困らなかった。

ただ、当然のことながら、お昼を過ぎたころから会社からガンガン着信が入るため、スマートフォンのほうは電源を落としてしまっているけれど。

もちろん、クビになることが怖くないわけじゃない。新卒で入って四年勤めた会社だ。仕事自体は好きだし、できれば辞めたくない。

でも――今はどうしても連絡する気になれなかった。

「…………」

「僕でよかったら、話を聞くよ？」

黙ってしまった美優に、将臣が優しく微笑む。

瞬間――身を引き裂くような鋭い痛みに襲われて、美優は自身を抱き締めてギュッと目をつむった。

「俺でよかったら、話を聞くよ？」

それは、修人もかけてくれた言葉だった。

やはり人間関係に悩んでいた美優に、「独りで悩んでいないでよ」と。

美優の話を親身になって聞いてくれて、優しく慰めてくれて、精神的に支えてくれた。

我慢できないとき、泣きたいときの避難場所だって教えてくれたし、休日にはストレス解消にもつきあってくれた。

彼の優しい笑顔に、温かい言葉に、どれだけ助けられていたか。

彼がいたからこそ、ツラいことがあっても乗り越えてこられたのに。

でも、すべては嘘だったのだ。

心から好きだった彼は、もういない――。

「……ふ……」

もう堪えることはできなかった。

ひどく傷つけられた心が再び血を流す。

涙が溢れて、次から次へと頬を伝い落ちた。

「みゅーちゃん……？」

「っ……ご、ごめんなさい……わ、私……」

店内で号泣なんて迷惑極まりない。――わかっている。わかっていても、もう止まらなかった。

美優は両手で顔を覆ってわぁわぁ泣きながら、すべてを吐き出した。

いつも気にかけてくれて、優しくしてくれた修人にひそかに想いを寄せていたこと。

去年の春にその彼から告白され、晴れて恋人になれたこと。とても幸せだったこと。

ところが秋に、彼が浮気が原因で彼女に逃げられたと――社内の噂から知ったこと。

自分は恋人ではなく浮気相手だと知った直後から、彼と連絡が取れなくなったこと。

現在に至るまで謝罪はおろか、一言の説明すらしてもらえていないこと。

その状況を知る同僚たちが、それを嗤《わら》っていたこと――。

「わ、私……い、未だに、友達を……作るのが、下手で……。上手くやれなくて……」

静かに隣に来た将臣が、美優の髪をそっと撫でる。

その優しい仕草に、さらに涙が溢れてしまう。

「じ、自分では……仲良くなれる、ように、頑張ってる……つもり、なの……。でも、い、いつも、『つまらない』って、言われちゃう、の……。『主体性がない』って……。友達、じゃなくて……ただの、都合の良い子に、なっちゃう……の……」

「みゅーちゃん……」

「恋人、だと、思ってた人にも……わ、私……都合の良い子でしか、なかったの……。でも、私……やっぱり、ちゃんと、恋愛してた……つもり、だったの……」

だけど、それは勘違いだった。
いつもと同じ――独りよがりだった。
それがつらくて、悲しくて、苦しくて、そして恥ずかしくて――逃げた。
「ど、どうしてだか、わからない、の……。私の、何が、悪いのか、も……」
逃げたところで何も解決しない。別の問題が増えるだけだ。――わかっている。
それでも、もう我慢できなかった。
「どうして、私は……いつも、こうなの……？　どうして、うまく、できないの……？
みんなは……できるのに……」
月日が経って――街は姿を変えるのに、自分は何も変われていない。
今も昔も、楽しそうにしているみんなを羨ましく思いながら見ているだけ。
「私……どうして……こんななの……？」
何が悪いのだろう？　教えてほしい。謝るから。あらためるから。
だから、どうか心の内側に入れてほしい。
みんなの輪の中に入れてほしい。
黙って話を聞いていた将臣が、身を小さくして震えながら泣く美優の肩をそっと抱く。
その温かさに、思わず縋りつきそうになった――そのとき。

「――勘違いしちゃ駄目だよ」

まるで怒りを押し殺したかのような低い声に、美優はビクッと身を震わせた。

「え……？　か、勘……違い……？」

慌てて顔を上げて、将臣を見る。

その戸惑いと――怯えに揺れる瞳を覗き込むようにして、将臣は頷いた。

「そう。他人とうまくやれないって点では、たしかに君に問題があるのかもしれない。でも、だからって騙していいなんてことには絶対にならないんだからね？」

「え……？　あ……」

「誰がなんと言おうと、騙すほうが悪いんだよ」

将臣がきっぱりと言う。

『勘違いしちゃ駄目だよ』が自分を責める言葉でなかったことにホッと安堵しながらも、相手だけが悪いと断ずるのも、まるで欠席裁判をしているようで、それはそれでとても居心地が悪い。美優はオロオロと視線を彷徨わせながら俯いた。

「で、でも……私が、本当にいたらないから……その……嫌気が差したのかも……」

「だったとしてもだ。繰り返すけど、騙していい理由にはならない。君にどんな問題があろうとね」

将臣が再びきっぱりと言い切る。

「いじめられるほうにも問題があるなんて言葉、いまだに聞くけど、馬鹿言うなよって思う。いじめられてる子の問題に対して、いじめって方法を選んだ時点で、それはもう百%絶対的にいじめっ子が悪いよ」

「……それは……」

「同じように、嗤って蔑んでいいってことにもならない。それらにかんしては、自分を責めたりしないで。君は悪くなんかないから」

「……私は、悪くなんか……ない……？」

美優は唇を噛み締めた。

将臣の理屈が正しいことはわかる。

でも、完全に納得することはできない。

（やっぱり、私に問題があるからこそ、誰かにとって存在が軽いんじゃないの……？）

美優が悪いからこそ、軽く扱われたり、蔑まれたり、嗤われたりするのではないのか。

修人や同僚だけではない。小学校でも、中学校でも、高校でも、大学でも――自分はずっとそうだったから。

黙ってしまった美優の顔を覗き込んで、将臣が苦笑する。

「納得できない？」

「……うん……」

「まぁ、そうだね。すぐには無理かもね。それに納得できたところで、つらくなるわけでもない。悲しいし、苦しいし、寂しい」

「……うん……」

将臣は「そうだよね……」と呟いて、「じゃあ、って言うのも変な話だけど……」と、美優の頭を優しくぽんぽんと叩いた。

「みゅーちゃん――いや、美優ちゃん。僕を助けてくれない？」

「え……？」

その――予想だにしていなかった言葉に、思わず顔を上げて将臣を見つめる。

「え……？　助けてって……わ、私が？　将臣くんを……？」

「うん。実は僕、今、ものすごく困ってるんだ」

将臣が頷いて、そっと美優の手を取る。

「お願いだ。僕に、君の力を貸してほしい」

そのまま将臣は、美優の手を両手で包み込むようにして強く握った。

自分に向けられたひどくひたむきなまなざしに、とくんと小さく心臓が跳ねる。

しかし美優は、その視線を避けるように顔を背けた。

「む、無理だよ……私なんか……。私なんか、誰かを助けられるような立派な人間じゃないもの……」

「そんなことない。僕は、いつだって美優ちゃんに助けてもらっていたよ」

将臣がきっぱりと首を横に振って、身を乗り出すようにして熱心に言う。

「女の子にこんな言い方は変かもしれないけど、みゅーちゃんは僕のヒーローだったんだから」

じわりと胸が熱くなる。

「そんな……ヒーロー……だなんて……」

それを隠して、慌てて頭を振る。自分はそんなかっこいい存在じゃない。

実際、まぁちゃんの事情に気づいて救いの手を差し伸べたのは、母だ。自分はそれにくっついていただけにすぎない。

「美優ちゃん」

将臣が美優の手を包み込んだ両手に力を込める。

手の平から伝わる熱に、さらに胸が熱くなる。

「わ、私……なんかが……本当に……助けになれるの……？」

「もちろんだよ」

美優の小さな声に、将臣が大きく頷く。

ますます胸が震えてしまう。

「わ、私、なんかで……いいの？　もっと……ほかに、できる人が……」

「なんか、なんて言わないでよ。ヒーローだったって言ったろ？」

将臣の視線は少しも揺らがない。

「僕は美優ちゃんがいい」

力強いその言葉に、今度こそ心臓が高鳴る。

「美優ちゃん。どうか――僕を助けてください」

「っ……」

ああ、どうしよう。こんなの、慰めになるどころの話じゃない。

誰ともうまく絆が結べなくて、だから誰にも大切にしてもらえなくて、自分に価値を見出せない中で――こんなふうに求めてもらって嬉しくないわけがない。

「悪くない」「責任はない」なんて言葉とは比べものにならないほど、救われる。

「っ……わ、私……」

胸が熱く震えて、新たな涙が零れてしまう。

「私……なんか……」

自分なんかが、誰かを助けられるはずもない。

そんなことはわかりきっているのに、この甘やかな誘惑には勝てない――。

美優は震える手を将臣のそれに重ねると、小さく頷いた。

「わ、私なんかで……よければ……」

瞬間、将臣がぱぁっと顔を輝かせる。本当に嬉しくてたまらないといったように。

そんなふうに喜んで、歓迎してもらえたことがあっただろうか。

傷つき、血を流していた心が、甘くて優しい幸福感に包まれてゆく。

(これ……完全に……助けてもらってるのは私のほうだ……)

自分のほうが甘えてしまっているような状態で、本当に彼の助けになれるのだろうか？

「じゃあ、まずは――」

少し不安に思っていると、将臣が美優をまっすぐ見つめてにっこりと笑う。

そして――またもや予想だにしていなかった言葉を口にした。

「しばらく、僕のお嫁さんになってくれる？」

「……はい……？」

二品目

‖玉子は最高のつきあい上手‖

Nishikita Manpukutei

「婚約やって？　まぁまぁまぁ！　ついにアンタにも春が来たんやねぇー！」

『肝っ玉かあさん』という言葉が非常によく似合う、カラカラと豪快に笑うおばさまが嬉しそうに手を叩いて、将臣の隣に立つ美優を見る。

「まぁ～！　可愛らしいお嬢さんやないの！」

高畑和代《たかはたかずよ》と名乗ったそのおばさまは、ニヤニヤしながら将臣に視線を戻した。

「ほんで？　どうやって騙くらかしたんよ？」

「……人聞きの悪い」

将臣が焼き上げた玉子焼きを皿に出しながら、眉をひそめる。

「ちゃんと誠心誠意想いを伝えただけですよ」

「何言うてんの？　誠心誠意なんて言葉がアンタの辞書にあるわけないやろ？」

「失敬な。一応、あるにはあります。それを使えるかどうかは別として」

「ほーん。知識はあるけど、誠心誠意と呼ぶにふさわしい態度がとれるかどうかはまた別の話ってことかい。まぁ、そうやな。アンタはそういうヤツやな」

「あ、でも、プロポーズはちゃんと誠心誠意しましたよ。僕の初誠心誠意ですね。高畑さんにも見ていただきたかったです。金環日食よりも珍しいんで」

「ほんだら、次は三百年後やな。次は見逃さんようにせんと」

「それまで生きていてくださいね」

「年寄扱いせんといて。三百年後なんて、一番脂がのっとるときやないの」

そんな軽口を叩く間も、将臣の手は止まらない。素早く動いて、二本目の玉子焼きを綺麗に巻いてゆく。

その鮮やかな手捌きに思わず見惚れていると、和代が再び美優を見た。

「お嬢さんは……えーっと……」

「あ……高井田美優です」

ペコリと頭を下げると、和代がにっこりと笑う。

「そう、よろしくね。美優ちゃんってどこの人なん？　関西弁やないみたいやけど」

「あ、生まれはこのあたりです。八歳の時に、埼玉に引っ越して……」

「今は東京です」と言いそうになってしまって、慌てて口をつぐむ。

将臣と婚約したという設定なのだから、こちらに戻ってきた――もしくは戻ってくるつもりという言葉でなければおかしいだろう。

「そうなんや」

言葉が途切れたことを気にする様子もなく、和代が頷く。

美優はホッと息をついた。――嘘は苦手だ。

◇＊◇

昨日、あのあと――。将臣が口にした頼みは、「しばらくの間、婚約者のふりをしてほしい」というものだった。

そのうえで、「ふりをしている間、店の営業を手伝ってほしい」。

理由は、「僕の生い立ちも深くかかわってくるから、一言で説明できることではないけれど」と前置きしたうえで、今までの生活――『満福亭』を開くに至るまでの過程も含めて、いろいろと話してくれた。

重い話だからと詳細は省きつつも、高校生になって放置子から搾取子になったこと。

母と姉に毎月渡すお金のため――高校生の時分から、より効率的に稼ぐために勉強に勉強を重ねた結果、現在は投資家としてかなりの額の不労所得を得ていること。

未だに、毎月母と姉に結構な額を渡していること。

「え……？　じゃあ、『満福亭』は……」

そう尋ねた美優に、将臣は寂しげに笑った。

「『満福亭』は、実は僕の心を満たすためにはじめた仕事なんだ」

「将臣くんの、心を？」

「うん、そう。本業でどれだけお金を稼いでも、それだけではどうしても埋められない僕の心の隙間を埋めるために」

「将臣くん……」

なんと言っていいやらわからず視線を揺らした美優に、将臣は「そんなふうに言うと、なんだかかっこよく聞こえちゃうけど」と言って、小さく肩をすくめた。

「まぁ、要はもう一度食べたかったんだよ。どうしようもなく――本当に理由もなく、寂しくてさ。僕にとっての〝おふくろの味〟を求めたんだ」

「将臣くんにとってのおふくろの味……？　え？　それって、もしかして？」

「うん、そう。美優ちゃんのお母さんがごちそうしてくれた味。美優ちゃんと一緒に、笑いながら食べた味だよ。母は、僕におむすびを作ってくれたことなんかないからね」

「…………」

「――美優ちゃんの思いには、僕も覚えがあるな」

必死にかける言葉を探す美優の視線の先で、将臣が寂しそうに目を細める。

「僕もよく思ってた。どうして僕はこんななんだろうって……。どれだけ気をつけても、いつもお母さんを怒らせてしまう。どうしてうまくできないんだろうって」

「あ……」

「ほかにも、どうして僕には愛してくれる家族がいないんだろうとも……。みんなには当たり前にいるのにって……」

その悲しすぎる言葉に、ズキンと胸が痛む。

「昔の美優ちゃんも、同じことを言ってたよね？　どうして私には、優しいお父さんがいないんだろう？　みんな、当たり前にいるのに……。なんで私だけ、お仕事しないで、昼間からお酒を飲んで、怒ってばかりで、痛いことをするお父さんなんだろう？」

「将臣くん……」

美優は俯いた。

ああ、やっぱり自分は何も変わっていない。幼いころは、父親。今は、友人や恋人。対象が変わっただけだ。頑張ってもうまくいかなくて、もうどう努力していいかすらもわからなくなってしまって――どうして自分はと嘆きながら、それでもほしいほしいとないものねだりばかりしている。

「僕も思ってた。何が悪いのか教えてほしいって。謝るから。あらためるから。だから、どうか僕も……」

将臣が苦しげに――切なげに、顔を歪める。

「家族の輪の中に入れてって……」

「っ……将臣くん……」

「でも僕は、考えるのをやめちゃった。ありていに言えば、諦めたんだ。もう母や姉と家族であろうとするのは諦めた。そのほうがラクだから」

たまらずその手を握ると、将臣が「大丈夫だよ」と言わんばかりに笑って、なんでもないことのように言う。

しかし、それが逆に、彼の心の傷が深いことを物語っていた。

「でも、やっぱり寂しかったんだと思う。だから無性に、美優ちゃんのお母さんの味が食べたくて……。あのころの思い出に浸りたくて……『満福亭』を作ったんだ」

将臣がそう言って、メニューカードを見つめる。

「だから正直、僕にとって美優ちゃんのお母さんの味を再現することが第一で、最初は完全に採算度外視でやってたんだ。今は、一応黒字になってるけどね」

「そう……なんだ……」

「まぁ、だから……ぶっちゃけると、母や姉は、『満福亭』を快く思ってないんだよ。快く思ってないどころか、今すぐ辞めろって何度も要求されてるんだ」

「あ……」

将臣が言わんとしていることを察する。

「つまり、『満福亭』でお金が無駄になってると思ってる……？」

「そう。一応黒字にはなってるんだけど、母や姉からしたら、『満福亭』にかけている時間があれば、もっと稼げるはずだって……。まぁ、そのとおりなんだけどね？」

将臣が「僕すごく優秀だから、『満福亭』の一ヵ月の売り上げなんて、うまくすれば何時間かで生み出せちゃうからね」と冗談めかして言う。

「でも、『満福亭』は、僕が僕であるためにとても大切な場所なんだ。だから、絶対に手放すわけにはいかない。だから――」

将臣が美優に視線を戻して、深々と頭を下げる。

「助けてほしいんだ。美優ちゃん」

ここを守るために協力してほしい――。

将臣の願いに、美優は身を乗り出すようにして、首を縦に振った。

「わかった。でもそれが、私が婚約者のふりをすることとどう繋がるの？」

「皮肉なことだけど、今となっては、母も姉も僕という金づるを失いたくないんだよ。だから僕に、自分たち以上に大切な近しい人ができることを、ひどく恐れている」

「お母さんやお姉さん以上に大切で、近しい人……？」

一瞬ポカンとしたものの、すぐに思い当たる。そうか――婚約者。

（お母さんとお姉さんは、将臣くんが自身の家族を作ることを恐れてる……）

美優がそう言うと、将臣は苦笑して頷いた。

「そう。ずっと、自分たちだけの金づるであってほしいと思ってるんだ」

それが——将臣にとっての現実。聞けば聞くほど、苦しくなってしまう。

「だから、婚約者の存在に危機感を抱いてもらったうえで、それを一つの切り札《カード》として交渉したいと思ってる」

そんなつらくて、悲しくて、苦しいはずの話をすごく淡々とする将臣が痛々しくて、少しでも慰めになればと、彼の手を握る。

心を癒す美味しいおむすびを結ぶ手は、ひどく冷たかった。

「母や姉が愛しているのは僕じゃなくて僕の稼ぎだ。逆に言えば、毎月貰えるお金さえきちんと保証されれば……」

「将臣くんのやることに、口出しさせないようにすることもできる……？」

美優がそう続けると、将臣は苦笑して頷いた。

「……搾取が目的だろうと、やっぱり必要としてもらえるのは嬉しい。だから今まで、どうしても二人に強く出られなかった。二人もそれがわかっているから、僕を下に見て軽く扱う。もちろん、僕の意見に一切耳を貸すことなんてなかった」

「でも、将臣くんに一番に優先すべき相手ができれば状況は変わる……。少なくとも、お母さんやお姉さんは、そう考える……」

「――そういうこと」

将臣が頷いて、再び頭を下げる。

「『満福亭』を守るために、しばらく婚約者のふりをしてください」

「わ、私でよければ！」

自分なんかが、本当に将臣を助けられるのだろうか？　正直、役に立てる気はしない。自分自身の問題ですら解決できず、目を背けて逃げてきたところなのだ。

それでも、必要とされたことが、ほかでもない自分を頼ってくれたことが嬉しい。

そして、それが――美優自身の勇気に繋がる。

それまでは、逃げてしまったことがどんな結果をもたらすか考えるだけでも怖くて、スマホの電源を入れられなかったのが、将臣を助けるためと思えばすんなりできた。

その場で直属の上司に電話をすると、上司は一言も怒ることなく、責めることもなく、ただ「よかった……！」と安堵してくれた。

修人とのことは社内で噂になっていただけあって、上司も知っていたそうだ。そして、美優の様子がずっとおかしかったことも気づいていたと。

そのうえで、修人が受付の水城さんに言った言葉も、誰からか知らないが耳に入っていたらしく、美優が「衝動的に逃げ出してしまった」「精神的にも限界で、心療内科に通おうと思っている」と言うと、上司から積み立ててある失効年次有給休暇を使って療養休暇をとることを提案してくれた。もちろん心療内科を受診した証明書などは提出しなければならないが、その言葉に甘えて、とりあえず二週間の休みをいただくことに。

すぐにはバッグやコートを取りに行けないことを謝り、保管しておいてくれるように頼むと、上司は「今は、会社もストレスの一端だろうからね」と快く了承してくれた。

そのうえで、知り合いの店を手伝うことで、心のリハビリをするとも伝えておいた。

嘘は――一切ついていない。将臣に助けを求められたことと、それで休む決断をしたことを言っていないだけだ。

将臣を助ける――。

そう言うと聞こえはいいが、美優にとってはこれも逃避の一部なのだろうと思う。

自分の問題は何も解決できていないのに、誰かを助けるために一生懸命になるなんて。

ちゃんと自覚はしている。それでも――今の美優には、どうしても逃避《それ》が必要だった。

誰かに必要とされることで、自分の価値を確かめたかった。

自分の目ではもう見出すことができないものだったから。

◇＊◇

「ほんで、美優ちゃん、本当にええの？　こんな男で。引き返すなら今のうちやで？」

和代の言葉にハッとして、顔を上げる。

美優は慌てて、「も、もちろんです」と首を縦に振った。

「ま、将臣くんは……その……とても優しくて……素敵な方です……」

「優しい？」

和代が愕然とした様子で、首を横に振る。

「それはこの男の真の姿やない！　あかん！　完全に騙されとるわ！　早《は》よ、逃げ！」

「ちょっと！　さっきから本当に人聞きの悪い」

保温櫃の中の真っ白のお米に空気を含めるようにほぐしながら、将臣が顔をしかめる。

「僕は優しいですよ、好きな人にはね。高畑さんにも優しいでしょう？」

「アタシに優しいのは、好きやからやない。常連客やからや」

和代がぴしゃりと言って、将臣に視線を戻す。

「まぁ、あのぼんくら諏訪《すわ》さんにすらいい人ができたんやから、腹黒・狡猾・やり手なアンタにできても不思議はないわな。二人とも顔はイケてるわけやし。顔はな」

「……僕の評価、ひどくないですか？」

「やり手って言うてあげとるやん」

「その前の二つがひどいって言ってるんですけど」

「なんや、違う言うんか？　違うって言えるもんなら言うてみい」

「……あってますけど」

あってるらしい。

（諏訪さん……？）

知らない名前にポカンとしていると、それに気づいた和代が教えてくれる。

「諏訪さん、知らん？　イケメン『福福《ふくふく》コンビ』のもう一方なんやけど」

「福福コンビ、ですか？　ええと……その……すみません。存じ上げなくて……」

「高畑さんたちが勝手にそう呼んでるだけだから、知らなくて当然だよ」

将臣が卓上ミニ七輪で海苔を炙りながら、肩をすくめる。

「そうは言っても、わりと通じる人は多いはずやで。サンドウィッチの『幸福堂《こうふくどう》』と、おむすびの『満福亭』。お客を幸せにしてくれるって評判の店のイケメン店主のことや。『幸福堂』の諏訪さんと『満福亭』の相馬さんで『福福コンビ』、結構人気者なんやで。女子高生がよくきゃあきゃあ言うとるわ」

和代がそう言って、理解できないとばかりに将臣を見る。

「本性も知らんとな」

「……僕の下げが止まりませんね。婚約者の前でぐらい、下駄を履かせてくださいよ」

「無理やわ。アタシ、正直もんやから」

会話をしながらも、やっぱり将臣の手は滑らかに無駄なく動いている。

木型にふんわりと白米を盛って具材を載せたら、同じ量の白米をまたふんわり重ねて、木型ごとひっくり返す。そして、そのご飯の塊を持ち上げて、手の中で三回転がす。

そうしたら大きめの海苔で巻いて、おむすびの完成。

「お客さんを……幸せにしてくれる店……」

美しささえ感じる手の動きを見つめながらポツリと呟くと、「まぁ、簡単に言えば、それほど美味しいってことなんやけどな？」と和代が笑う。

「困ったことに、美味しいだけでもないんよねぇ、これが。『幸福堂』と『満福亭』がなくなったら、アタシはもう生きてかれへんと思うわ」

「恐れ入ります」

将臣が嬉しそうに笑って、軽く頭を下げる。

「そんなに……なんですか？」

少し、不思議な気がしてしまう。

たしかに、『満福亭』のおむすびには感動した。温かくて、懐かしくて、優しくて、美味しい以上に心に響いた。でもそれは、美優にとってはもう二度と食べられない——失ってしまった母の味だったからというのも大きい。

（そうじゃなくても……？）

『満福亭』のおむすびは、みなの心にも響くのか。

「そんなに、やねぇ。『幸福堂』と『満福亭』は本当に素晴らしい店やで」

和代がきっぱりと言って、にっこりと笑う。

「美優ちゃん。『幸福堂』、知らんなら一度行ってみるとええよ。『満福亭』もやけど、幸せにしてもらえるから」

『幸福堂』と『満福亭』に行って、幸せにならない人などいない——。

そう確信しているかのように、その言葉は力強かった。

とくんと、胸が高鳴る。

「はい、行ってみたいです」

大きく頷くと、くぎ煮の保存容器を開けながら、将臣が美優を見る。

「じゃあ今度、僕と一緒に行こう」

「うん」

将臣の笑顔につられて微笑む。

見つめ合って笑い合うなんて、まさに婚約者らしい行動だと思うのだけれど、しかし和代は一つため息をつくと、じろりと将臣をにらんだ。

「今、彼女の希望を叶えてあげるフリをして、一人では行かんように線を引いたな？　まったく、アンタは。そういうところが腹黒で狡猾やっちゅーねん」

「え……？」

「そういうことは、気づいても言わないでくださいよ」

目をぱちくりさせた美優の横で、将臣が嫌そうに顔をしかめる。

「え？　あ……！　い、今の、そういう意味だったの？」

「いや、違うよ。美味しいって喜ぶ美優ちゃんの顔を見たいから、一緒に行きたいって言ったの。だって、そんなの見逃せないでしょ？」

「そ、そう……？」

「そうだよ。高畑さんの言うことは気にしないで」

「そういうことにしときたいなら、そういうことにしといたるわ」

和代がカラカラと笑いながら、さらに余計なチャチャを入れる。

そんな和代をじとっとにらんで、将臣はため息をついた。

「やっぱりちょっと……心配じゃないですか。諏訪さん、無駄にイケメンなんで」

「それはそうやな。なんであんなに無駄にイケメンなんやろな？　ぼんくらやのに」

「それも、あんまり言わないでくれます？　そうですねって言うわけにもいかないじゃないですか」

「なら、否定したらええんちゃう？　諏訪さんをぼんくらだとは思いませんて」

「すみません。僕はわりと嘘つきなほうですけど、それは無理です」

将臣がおむすびを竹皮に包み、紐で結ぶ。

そして、玉子焼きのパックとともに紙袋に入れて、「はい、たいへんお待たせいたしました」と和代の目の前に差し出した。

「おむすび十個と玉子焼き二本です」

「はい、いつもおおきにね」

紙袋を受け取って――和代が美優を見る。

「美優ちゃん、なんかあったら遠慮なく言いなね？　このアタシがドンと味方になってあげるから」

そう言って、ドンと胸を叩いた。

「あ、ありがとうございます……」

美優は頭を下げ――それから首を横に振った。

「でも、大丈夫だと思います……。た、大切に、してもらってますから……」

少し声が震えて、顔がかぁ～っと赤くなってゆく。嘘をついているからだけではない。こういう――ノロケのようなのは苦手だ。

不自然な態度をとってないかと心配だったが、和代はそれを婚約したての恥じらいと解釈したらしい。「それならええわ。ごちそうさまね～」と手を振って出てゆく。

将臣とともに「ありがとうございました」と頭を下げたところで、入れ替わるように入ってきたお客さまが開口一番叫ぶ。

「相馬さん！　婚約したてホンマなん!?」

「いらっしゃいませ、荒川《あらかわ》さま。本当ですよ」

「い、いらっしゃいませ」

荒川さまと呼ばれた――バリバリのキャリアウーマンふうの女性は、「あ～……」と心底がっかりした風情で天井を仰いだ。

「ニシキタが誇るみんなのイケメンがまた一人いなくなった……。あ、テイクアウトで。桜の梅酢漬けといぶりがっこチーズと焼鮭ね」

しかし、注文はしっかりしてくれる。

「海苔はいかがなさいますか？」

「焼き海苔で。あ、でも、桜の梅酢漬けだけは海苔なしにして」

将臣が「かしこまりました」と笑うと同時に、また店の引き戸が開く。

「こんにちは〜！　聞いたで？　相馬さん、婚約したて！　あ！　噂の婚約者さん？」

入ってきたのは、スーツ姿の潑溂とした若い男性だった。

「いらっしゃいませ」

「い、いらっしゃいませ。あの、店内で……」

「あ、可愛い！　大人しそうやし、大和撫子って感じやん！　やるなぁ、相馬さん！

ねぇ、名前なんて言うの？　今度、俺とデートせぇへん？」

「え？　あ、あの……」

「……三井《みつい》さまは出禁にしましょうか」

「嘘やん！　こんなの挨拶やんか。ホンマに横恋慕《よこれんぼ》しようとしたわけちゃうことぐらい、
わかってるやろ？　あ、テイクアウトね！　卵黄醬油漬けと大人のツナマヨ、牛すじ！

もちろん味海苔で！」

将臣にじろっとにらまれて、男性が慌てて注文する。

「あ、は……はい。かしこまりました」

伝票を書いて、お待ちのお客さまにもお茶をお出しする。

「こんにちはー！　ちょっとぉー！　そこで和代さんから聞いたんだけど!?」

その間にも、どんどんお客さまがやってくる。

「江原《えはら》さんと高畑さんにしか話してないのに、この広まりよう……」

将臣が苦笑しながら、保温櫃を開ける。

「は？　その二人に話したんなら当然やんか。三時間で街中に広まるやろ。そんなら、今日はご祝儀注文が大量に入るやろし、今からご飯バンバン炊いときやー」

荒川がカラカラと明るく笑う。

美優はあわあわしながら、伝票を持って新しく入ってきたお客さまのもとに走った。

「い、いらしゃいませ！」

◇＊◇

「——お疲れさま」

ぐて〜っとカウンターに突っ伏している美優の頭を、将臣がぽんぽんと優しく叩く。

「あ……将臣くん……」

「どうだった？　『満福亭』のお手伝い――初日を終えてみて」

「た、大変だった……。私、飲食業も接客業もはじめてで……」

忙しいうえに、同時進行でやることが多すぎて、もう目が回りそうだった。――いや、実際に回っていた。一番忙しい時間帯はやるべきことを自分の頭で考えることができず、ひたすら将臣からの指示をこなすだけになってしまっていた。

もしかしたら、指示出しの手間を与えていた分、足を引っ張ってしまっていたのではないかとすら思う。将臣一人で回していたほうが、何かとスムーズにいったのでは。

「私、あまり役に立ってなかったよね……。ごめんなさい……」

しゅんとしながら謝ると、将臣が驚いたように目を丸くする。

「役に立ってないなんて、そんなことないよ」

「ああ、いいの。気を遣わないで。ちゃんと自分でわかってるから……」

「いや、本当に。僕はすごく助かってたけど……」

将臣は首を横に振って――少し考えて、美優の隣に腰を下ろした。

「美優ちゃん的には、合格点にはほど遠いって感じなの？　はじめてなのを考慮したとしても？」

「うん。全然……何もできなかったって感じかな……」

本当に――情けなくなってしまうほど。

美優は両手で顔を覆って、大きくため息をついた。

「それこそ、思い知ったよ。私、やっぱり人と話すことがすごく苦手だって……」

接客だから、もちろんフリートークではない。「いらっしゃいませ」とお出迎えをし、注文を訊いて、迷っているようならお薦めをして、店内飲食なら料理の提供を、テイクアウトなら商品の受け渡しをし、お代金をいただいてお見送りをする――必要最低限の話す内容は決まっている。でも、それですらうまく言葉が出ない。笑顔も出ない。

それでは駄目だとずっと無理やり口角を上げていたから、頬がすごく痛い。

「将臣くんはすごいね。お客さまとあんなふうに話せるなんて……」

「あんなふう？」

「相手の目を見てハキハキって……。それだけで、すごいなって思う。羨ましい……」

自分もそうなりたい。でも、それは自分を好きでいられてこそではないのかと思う。

自分を嫌っていてはできないのではないのか。

「それだけじゃなくて……一番驚いたのは和代さんとの感じかな？　高畑和代さん」

「ああ、高畑さんね。高畑さんとの感じって？　どういうこと？」

「えっと……なんか、すごいなって……。私、友達にもあんなふうに話せないから……。それこそ相手がお客さまとなったら、とてもじゃないけど怖くて……。不愉快にさせてしまうんじゃないかって……」

美優の言葉に、将臣が「ああ、そういうことね」と納得した様子で頷く。

「高畑さんは不愉快に思ったりしないってわかってるから、言えるんだけどね？」

「そ、それがすごいんだよ。なんでわかるの？」

「なんでって……」

将臣は唇に指を当てて少し考えて、「そうだね」と美優に視線を戻した。

「僕はわりと、情報を仕入れて、これまでの傾向も踏まえつつそれを吟味――精査して、そこから予測を立てて対応するってことが、得意なんだよ」

「え……？」

まったく予想だにしていなかった答えに、美優は思わずパチパチと目を瞬いた。

なんのことだろう？

「えっと……？　情報を仕入れて、それを精査して、予測……？　あ、投資の話？」

「うん、投資もそうだね。僕にとっては、接客も、人間関係も、そうなんだよ」

「え……？　接客も……人間関係も？」

「そう。こうやってあらためて言葉にすると変な感じがするけど、でもみんな無意識のうちにやってることじゃないかな。高畑さんも、まさか初対面の人間に『腹黒』とか『狡猾』とか言ったりしないよ。言っても大丈夫だってわかってるから、言うんだ」

「えっと？　これまで接してきた中で得た情報から、何を不快に思うか、何に怒るかがわかってるってこと？　だから、それを避けて話をしてるから大丈夫っていう……？」

いまいちピンと来ていない美優がそう言うと、将臣が再び少し考えてから頷く。

「半分、あってるかな」

「半分？」

「うん、半分。僕の中には、今まで接してきた中で蓄積された高畑さんの情報があって、それをすでに吟味——精査してあるから、高畑さんの人となりがおおよそつかめている。だから、高畑さんの反応がある程度推測できる。その予測に基づいて行動しているから、高畑さんが怒ることはないと思っている——それはあってるよ」

その言葉に、再び目を瞬く。——ん？

「え……？　それだと全部あってることにならない？　半分、どこが違ってるの？」

「情報の種類かな？　何を不快に思うか、何に怒るか——じゃない」

「え？　でも、そこがわかってないと避けられないんじゃないの？」

「いや、わかってないわけじゃないんだよ。でもそこは、予測の部分」

「え……？」

困惑する美優を見つめて、将臣がニコッと笑う。

「僕が集める情報は、何が好きか、何を面白いと思うか、何を楽しみとしているか――そういう類のものだね」

「……！　何が好きか、何を面白いと思うか、何を楽しみとしているか？」

「そう。何が嫌いか、何を不快に思うか、何に怒るかを知って、それに触れないようにするんじゃなく、何が好きか、何を面白いと思うか、何を楽しみとしているかを知って、そこに触れるようにするんだよ」

「……！」

予想だにしていなかった言葉に、思わず目を丸くする。

ポカンと口を開けた美優に、将臣が大きく頷いて人差し指を立てる。

「たとえば、『紅茶が嫌いな人』って情報より、『珈琲が好きな人』ってそれのほうが、話をしやすいと思わない？　自分も珈琲が好きだったら、自分も楽しいから話も弾む。反対に珈琲が苦手だったら、自分が知らない珈琲の良さを教えてもらうこともできる。相手は好きなものを語るから饒舌になるし、機嫌もよくなる。話も広がるよね？」

「あ……」

「ネガティブな情報を集めていく方法だと、どうしてもそれには触れないっていうのが最適解になってしまう。今の例えだと、『紅茶は出さない』『紅茶の話には触れない』かな？　でも、それじゃあ発展性がない」

「発展性が……ない……」

「だってそうだろう？　この場合、『紅茶の話は避けるべき』ってことはわかっても、じゃあいったいどんな話題を振れば相手が食いついてくれるのか、喜んでくれるのか、楽しんでくれるのかはわからないだろ？　それじゃ会話の組み立てようがない」

言われてみれば、たしかにそのとおりだ。

「嫌いじゃない。不快じゃない。それは、イコール好きではないんだ。嫌いじゃない、不快じゃないってだけじゃ、それは〝価値〟には繋がらない」

「価値……」

「そうだよ。美優ちゃんは、嫌いじゃないからって理由で服を買う？　バッグを買う？　好きだ！　可愛い！　だからほしい！　ってなるんじゃないの？」

「そ、それは……当然そうだけど……」

頷くと、将臣が「ね？」と微笑む。

「人間関係だって同じなんじゃないかな。嫌いじゃない、不快じゃないってだけの人と一緒にいたいと思う？　好きな人――一緒にいて面白いと、楽しいと、幸せだと思える人とこそ、一緒にいたいって思うもんじゃない？」

「ッ……！」

衝撃が走る。美優はハッと息を呑んだ。

言われてみれば、至極当たり前のことのはずだった。

それでも――なぜだろう？　美優にとっては、目から鱗な言葉だった。

「さっきの高畑さんのケースだと、最初は当たり障りのない話をして、ああいう軽口を面白いと、楽しいと思う人だって〝情報〟を得る。それをもとに、そこに触れるように心がける。そうすると、高畑さんがそれに対して好意的な〝反応〟をしてくれるだろ？その〝傾向〟から、ここまで言っても不快に思わない、怒らないって〝予測〟が立つ。この順番。そして、予測で立てたラインまでは恐れずどんどん踏み込んでゆく。たまに予測と違う反応が来たら、それをもとに今までの予測を修正してゆく。その作業が〝精査〟だね」

呆然としている美優を前に、将臣が言葉を続ける。美優は頷いた。

「……それを、将臣くんはずっとやってきたってことなんだね？」

常連さんたちとのあの軽快なトークは、それによって培われたもの。

思わず「すごい……」と唸ると、将臣が苦笑して美優の頭を優しく撫でた。

「誤解しないでほしいのは、これはあくまでも僕の考えであって、人間関係はそうして構築するべきって話じゃないよ。僕はむしろ、絆を結ぶのに正解・不正解なんてないと思ってる。だから、美優ちゃんにもそうしろって言ってるわけじゃないからね？」

「うん……」

だが、大いに参考にすべきだろう。

美優は両手を握り合わせて、俯いた。

(私……修人さんのことをどれだけ知ってただろう……？)

嫌いなものや、不快になることはたくさん知っている。つきあっている間、いろいろ注意されたからだ。

修人が愚痴りたいときは口を挟んではいけない。修人の意見を否定するような言葉はもってのほか。

修人といるときはスマホをいじってはいけない。

デートのときはもちろん、一緒にいるとき、できれば会社でも、アクティブなパンツスタイルはNG。ふんわり女の子らしいファッションを。

メイクは、煽情的で攻撃的な色はNG。淡い色合いで。

洋食のおかずに、ご飯とお味噌汁は駄目。スープとパンにすること。

美優の家でご飯を食べるときは、冷凍食品・レトルト・缶詰・買ってきたお惣菜は、絶対に駄目。そんなものを食べるなら、最初から外食を選んでいる。

ほかにもいろいろ――こと細かくある。

（でも、それはネガティブな情報だったってことだよね……？）

たとえば、煽情的――あるいは攻撃的ともとれるはっきりした濃い色合いは嫌いだ。

これが、彼から得た情報だ。だから、淡い色合いが好き。それが、情報から得た予測や傾向だ。

（私……そこまでで終わってなかった……？）

じゃあ、淡い色合いの中でも、彼が一番好む色は？　そういえば知らない。

一口に淡い色と言っても、どれだけあると思っているのか。

（私……不快じゃないってだけの存在になってなかった……？）

ずっと、彼を魅了し続けることができていただろうか？

「だけど、こと接客においては、それが正解だと僕は思ってるかな。少なくとも、この『満福亭』においては、完全にそうだね」

将臣の言葉に、顔を上げる。

『満福亭』の接客においては、これが正解――。

「わ、わかった。頑張る」

ぐっと両手を握り締めて頷くと、将臣が嬉しそうに笑う。

「話すのが苦手だって言ってたけど、今の話でわかったよね？　接客で一番大切なのは話すことじゃない。お客さまの話を聞くことだよ」

「お客さまの話を聞く……。そのお客さまの情報を集めるためってことだよね？」

「そう。ポジティブなほうの情報をね」

将臣がそう言って、両手を合わせる。

「そして、そこに寄り添う――。これが基本」

「寄り添う……」

「そう。『満福亭』は、視認性抜群の一等地にあるわけでも、集客に優れた商業施設に入ってるわけでもない。住宅街の中の隠れ家的な店だ。もちろん新規客が常時どんどん来てくれるわけじゃないから、お客さまのリピート率は非常に重要だ。新規客には必ず再来してもらう。そして一人残らず常連客にするぐらいの気持ちじゃないと駄目だ」

「それは――そうだね。私でもわかるよ」

再び大きく頷くと、将臣が目を細める。

「また利用したいと思っていただく――。そのために大切なのは、もちろん第一に味。そして第二に居心地だと、僕は思ってる。店内飲食でも、テイクアウトでもね」

「え？　テイクアウトでも居心地が大事なの？」

「うん。むしろ、店の粗が目につくのって、テイクアウトのほうじゃないかなって思う。手持無沙汰な待ち時間に、お店のあちこちを見てしまわない？」

「あ……そうかも……」

ついつい、掃除ができていないところや、片付いていないところに目が行ってしまう気がする。ほかのお客さまへの対応にも。

「その〝居心地の良さ〟で大きなウェイトを占めているのが接客だと、僕は思うんだ。たとえば、初来店のお客さまにオススメを訊かれたら、売り上げ上位のものや季節限定ものを答えればいい。お客さまの情報を持っていない段階では、間違いなくそれが正解。でも三回目のご来店のお客さまが注文を迷われていたら？　そのときにお勧めするのはそれでいいのかな？」

「あ……」

美優は首を横に振った。

「一回目、二回目で、すでに薦めてるかも……」

「そのとおり。その情報がちゃんと頭に入ってるかどうか。前回注文しているものを、『これがおススメですよ』って薦められて、それは気持ちいいかな？」

美優は再び首を横に振った。そんなわけはない。

「それまでの注文の傾向から、お客さまの好みに合いそうなものを勧めてみるだとか、それまでの注文が定番商品ばかりだったら、ほかの定番を勧めつつ、さらに変わり種や季節限定品も薦めてみるとか。そのお客さまにあわせた対応をする」

「お客さまにあわせた対応……」

「そう。いつも同じものを頼んでいかれる方には、『いつものでよろしいですか？』と注文の手間を省いてあげたりね」

美優は頷いた。お客としての目線だが、それはよくわかる。

「覚えてもらえてるって、嬉しいもんね。なんか……特別感があって……」

「そうでしょう？　注文の内容だけじゃない。高畑さんのようにお話が大好きな人には、どんどん話しかける。反対にいつも静かに過ごしておられる方には、こちらからは話しかけない。褒められるのが好きな方には、さりげなく服装や持ち物などを褒める一言を添えるように。友達のように親しげな態度を喜ぶ人には、タメ口で話す――」

「それが、〝寄り添う〟ってこと……？」

将臣がにっこり笑う。

「そういうちょっとした気持ち良さ――痒いところに手が届く感じ。美優ちゃんの言う〝特別感〟もそうだね。それらが全部、居心地の良さに繋がると思ってる。だから」

「それを作り出すために、大切なのはむしろ聞くことなんだね……？」

お客さまの情報を得るために。

「そして、寄り添う……か……」

聞けば、至極当然のことのようにも思う。

でも――実際問題、今までの自分にはできていなかったことだ。

きちんと言語化してもらって理解したとはいえ――自分にできるだろうか？

うーんと考え込んでいると、将臣がふと時計に目をやる。

「――ねぇ、美優ちゃんは、だし巻き玉子の主役ってなんだと思う？」

「え？」

突然明後日の方向に飛んだ話に、きょとんとしてしまう。

「だ、だし巻き玉子の主役……？　そりゃもちろん……玉子でしょう？」

目をぱちくりさせつつそう言うと、将臣が再びにっこりと笑う。

「え？　な、何？　合ってる……よね？」

無言の笑顔に、思わず怯む。え？　違うの？

頭の中をハテナマークだらけにしている美優に将臣はさらに笑って、立ち上がった。

「じゃあ、それは一旦置いておいて……まずは片付けようか。そして、今日の夕食は、僕の行きつけのお店に行こう。頑張ってくれた美優ちゃんに、ご褒美」

「え？　う、うん……？　いや、待って？　わ、私、あんまり役に立ってなかったのに、ご褒美って……」

「いいからいいから」

促されて、立ち上がる。美優は洗い場へと向かいながら、首を傾げた。

だし巻き玉子の主役？　いったいどういうことなんだろう？

◇＊◇

将臣の行きつけの店――『結津庵《ゆずあん》』は、今津《いまづ》駅の南側、商業ビルの二階にあった。
『津本式究極の血抜き公認店』――完全に魚の血を抜く技術『津本式究極の血抜き』を駆使した熟成魚をいただける、兵庫では数少ないお店とのことだった。

「熟成魚……？」

「魚から完璧に血を抜くことで、腐敗させることなく長期間の熟成が可能になるって。それで今までになく極限まで旨味を引き出せるんだってさ。実際、すごく美味しいよ」

「へぇ……！　楽しみ！」

和のテイストもありながら木の温もりに溢れたナチュラルな店内は、明るく清潔感があって、とても清々しい。それでいてどこか懐かしい温かみがあり、ほっと落ち着く。

居酒屋によくありがちな雑多感も、反対にオシャレなバーなどの背筋が伸びてしまう特別感も、どちらも苦手な美優にとっては、とてもくつろぐことができる雰囲気だ。

スペースは贅沢にゆったりと使われていて、ほかのお客さまを気にせず楽しむことができる。

駅を見下ろすことができる窓際の席に座り、将臣が美優の前にメニューを広げる。

「美優ちゃんは、昔はこってりしたものよりあっさりしたものを好んでいたけど、今もそうなの？」

「うん。こってりしたものも嫌いなわけじゃないんだけどね……」

「それで、洋食より和食？」

「うん。和食大好き。珈琲・紅茶も飲むけれど、それよりも日本茶が好き」

そう言うと、将臣が「変わってないなぁ」と嬉しそうに微笑む。

「……うん、そうだね。変われてないよね」

ツキンと胸が痛む。

自嘲気味に微笑むと、それに気づいた将臣が眉を寄せた。

「僕は、いい意味で言ったんだよ？」

「うん、わかってるよ。将臣くんは何も悪くない」

ただ、美優にとって、変われていないことはひどいコンプレックスで——必要以上にネガティブにとらえてしまっただけだ。

「これは、私の中の問題。変な反応しちゃってゴメンね」

「…………」

素直に謝ると、将臣が苦笑しつつも首を横に振る。

「謝らないでよ。それより——メニューで気になるものある？」

「えーっと……」

美優は手書きのメニューを覗き込んだ。本日のお造り・にぎりのものと、一品料理のものの二枚。

どうやらこのお店は、毎日メニューが変わるらしい。

(気になるもの……正直ありすぎるほどあるんだけど……)

『変な魚おじさん仕立ての河豚《ふぐ》の干物』ってなんだろう？　『ヒゲの兄貴仕立ての穴子の干物』ってものもある。変な魚おじさん？　ヒゲの兄貴？

『呉豆腐《ごどうふ》と生麩のあげだし』も気になる。呉豆腐ってなんだろう？

熟成魚の種類も豊富で、馴染みのない魚もたくさんある。

「うーん……。いろいろありすぎて迷っちゃう。はじめてだし、よかったら将臣くんのおススメを頼んでくれると嬉しいかな」

「そう？　じゃあ、そうしようか。飲みものはどうする？」

「あ、お茶で。私、呑めないから」

「ん、了解」

将臣が飲みものと料理を注文する。

「ここには、よく来るの？」

「そうだね。月一ぐらいのペースかな」

「そうなんだ……。完璧な血抜きを実現した熟成魚のお店って言ってたから、ちょっと身構えちゃってたんだけど、メニューを見るかぎりかなりリーズナブルだよね」

「食べたら、もっと『安い！』って思うと思うよ。それぐらい美味しい」

「そんなにハードル上げちゃって大丈夫なの？」

「まだまだ上げても大丈夫」

そんなことを話しているうちに、飲みものが運ばれてくる。

「こちらお通しとなります」

「え……？　わ！　すごい！」

目の前に置かれた小さなお盆に、思わず感嘆の声を上げる。

「お通しで、四種類もの料理が楽しめるなんて……」

茄子の煮びたしに、きびなごの唐揚げ、カブの柚子あんかけに、お吸いもの。

色とりどりの小皿に美しく盛られていて、心が躍る。

「もしかして、これも日替わりなの？」

「うん、はじめて来たとき、このお通しでもう心をわしづかみにされたんだよね」

将臣がそう言って、目の前にグラスを差し出す。

「じゃあ、初日お疲れさまでした」

「お疲れさまでした」

チンと軽くグラスをぶつけて、喉を潤す。

「お通しでお吸いものなんてはじめてかも」

顔を近づけると、食欲をそそる良い香りが鼻腔をくすぐる。もうそれだけでついつい頬が緩んでしまう。

「……！　美味しい……！」

一口飲めば、上品かつ繊細な旨味が口いっぱいに広がる。

「これは……心をわしづかみにされたのもわかるね」

「でしょう？」

続いて運ばれてきたのは、『熟成魚 お造り盛り合わせ』。

魚の種類が豊富で、色鮮やかで華やかな盛りつけに胸がときめく。

(知らないお魚もすごく興味を引かれるけど、まずは新鮮魚との違いを知りたいから、知ってるお魚から……)

醤油をちょんとつけて、パクリ。

「っ……！　お、美味しいっ……！」

しっかり味わってから、美優は目を丸くして将臣を見た。

「た、たしかに、熟成で旨味がすごく強くなってる感じがする。歯ごたえも、新鮮魚のプリッとコリッとした感じじゃなくて、もっちりしてて……こ、これ、私、大好き！」

「それはよかった」

「津本式究極の血抜き公認店……覚えておかなきゃ……」

東京でも、これが食べられるところをチェックしておかないと。

その後も、次々と料理が運ばれてくる。『海老としいたけのしんじょ』や『呉豆腐と生麩のあげだし』。呉豆腐とは、長崎県や佐賀県の郷土料理で、豆乳に葛粉《くず》や片栗粉を混ぜて作る豆腐なのだそうだ。

「んんっ！　このモチモチ感、クセになっちゃう……！」

さらに、この季節ならではの『真鯛の柚子胡椒焼き』『鯛の子の卵とじ』『若竹煮』『山菜の天ぷら』など。

美しく盛りつけられた美味しい料理に舌鼓を打つ。

そして――。

「お待たせいたしました」

店員さんが、美優の前に新たな皿を置く。

「チョウザメのだし巻き玉子でございます」

たっぷりのお出汁に浸る玉子焼き。色の濃い和食器に、玉子の黄色が鮮やかだ。

「え……？　チョウ、ザメ……？」

美優は目をぱちぱちと瞬いて、将臣を見た。

「チョウザメって……あのキャビアの？」

「そう。そのチョウザメ」

あらためて、まじまじとだし巻き玉子を見つめる。

チョウザメの身が入っているようには見えない。見た目は普通のだし巻き玉子だ。

「えっと……？　何がチョウザメなの？」

「お出汁。津本式究極の血抜きを施して、二週間ほど熟成させたチョウザメのアラを、半日かけて炊いて取ったお出汁で作っただし巻き玉子なんだ」

「へぇ……！」

とても珍しいように思う。少なくとも、美優はほかに聞いたことがない。

「チョウザメのお出汁もはじめて……。って言うか、だし巻き玉子……？」

そこでふと、お店に来る前に将臣が言った言葉を思い出す。

「将臣くん、もしかして……？」

「うん、これを食べてもらいたかったんだ」

将臣が頷いて、美優に皿を勧める。

「じゃあ――」

箸でだし巻き玉子を切ると、じゅわっとお出汁が染み出す。

そして、ふんわりと柔らかなその一切れを口に入れた。

瞬間、口いっぱいに広がった未知の旨味に、美優は目を丸くした。

「ええっ!?　な、何これ!?」

「わ、私の知ってるだし巻き玉子と、全然違う……!」

美味しい！　文句なしに美味しい！

だけど、これは本当にだし巻き玉子なのだろうか？

「寄せ鍋や海鮮鍋、お魚のアラ汁とかも大好きだから、そのイメージがあったんだけど、同じお魚のお出汁なのに全然違う。濃厚でとにかく旨味が濃いって言うか……」

そこで一旦言葉を切って、だし巻き玉子から染み出したお出汁だけ飲んでみる。

「うん……。お出汁だけ飲んでも、馴染みの深い和風のお出汁って感じがしない……。何？　これ。本当に魚のアラで取ったお出汁なの？　って感じ」

驚いたどころの話じゃない。たった一口で、だし巻き玉子の概念が変わってしまった。

美優はあっけにとられたまま、まじまじと皿を見つめた。

「なんて言えばいいのかな？　フレンチのフュメ・ド・ポワソンのほうが印象が近いのかも？　あるいは、少し変わった鶏白湯《とりぱいたん》みたいな？」

「ああ、そうだね。そっちに近いかも」

美優の様子をニコニコしながら眺めていた将臣が、うんうんと頷く。

そんな将臣を、美優は興奮気味に見つめた。

「こんなのはじめて！　食べたことないだし巻き玉子！　すごく美味しい！　お出汁の予想外の味に一瞬びっくりするけど、でも本当に……最高に美味しいよ！」

「……それはよかった」

将臣が満足げに笑って、「じゃあ、もう一度さっきの質問をするね」と皿を示す。

「え……？」

「だし巻き玉子の主役ってなんだと思う？」

「……！　あ……」

美優はだし巻き玉子を見て、きっぱりと言った。

「お出汁。お出汁によって、全然味が変わるもの」

「僕もそう思う」

美優の答えに、将臣が大きく頷く。

「一口にだし巻き玉子と言っても、お出汁によってここまで姿を変える。僕は、玉子は最高のつきあい上手だと思うんだ」

「つきあい上手……？」

「そう──。『満福亭』でも、もちろん玉子が主役のメニューもたくさんあるけれど、メイン食材の引き立て役として使ってることもかなり多い。アスパラ×ベーコン×炒り玉子とか、豚角煮×味玉とか、うに×卵黄醤油漬けとか」

「あ……たしかに……」

「なんにでも合い、そのすべてを引き立ててくれる。最高のバイプレイヤーだよ」

将臣がだし巻き玉子を見つめて、その目を細める。

「さっきのお客さまに寄り添うって話、僕はこれでいいんだと思ってる」

「え……？　これで……？」

「うん。玉子自体の主張はさほど強くない。だからこそ、どんな素材とも相性がいい」

「主張は強くない……。そうだね。だから、どんな色にも染まれる……」

「そう。きちんと自分を持ってさえいればいいんだ」

将臣が自身の胸をトントンと叩いて、にっこりと笑う。

「『満福亭』が好きで、味にも店の雰囲気にも自信を持っている。それだけでいいんだ。そこの軸さえブレなければ、あとはお客さまが主役でいい。接客で主張することなんてないんだ。それは味でする」

「……！　主張は、味でする……」

「そう。接客は、お客さまの話を聞いて、その気持ちにそっと寄り添うだけでいい」

そう言って――将臣がだし巻き玉子を一切れ、口に入れる。

じっくりと時間をかけて味わったあと、美優へと視線を戻した。

「納豆が嫌いだって言うお客さまに、『わかります。あの独特な臭いとネバネバ糸引く感じが苦手な方は多いですよね』なんて思いっきり同調した舌の根も乾かないうちに、納豆が大好きなお客さまに、『わかります。私は醬油に少しのお砂糖を入れて死ぬほど掻き混ぜたヤツが大好きです』って同意したっていいんだ。嘘をつくのは駄目だけどね。でも、接客で必要なのは自己主張じゃない。美優ちゃんが『納豆が好きか嫌いか』は、関係ない」

「そっか……。納豆が嫌いなお客さまに、『私は好きです』なんて言う必要はない……。主役はお客さまなんだから、その意見を立てて……あとは情報としてインプットすればいいだけ……」

「そのとおり」

将臣が再び大きく頷く。美優は唇に指を当て、俯いた。

「お客さまの話を聞いて、寄り添う……」

さっきよりも、その言葉が身近に感じる。

（そっか……。嘘さえつかなければ、そして自分の中の軸さえきちんと持っていれば、お客さまに合わせて……何色に染まってもいいんだ……）

それなら、話すことが——自己主張が苦手な自分にもできるかもしれない。

そう言うと、将臣は「それだけどさ」と言って、指でトントンとテーブルを叩いた。

「それに、僕に言わせれば、美優ちゃんは心に思ったことはわりと素直に口に出るほうだと思うよ」

「え……？　そ、そうかな……？」

「うん。だし巻き玉子を食べた感想は、より的確な言葉を探して言い淀む以外、かなりすらすら話していたと思うけど？」

「あ……。たしかに、言葉が詰まる感じはなかったかも……」

でも、それはあまりにもだし巻き玉子が鮮烈すぎたというのもあると思う。

美優がそう言うと——しかし将臣は「僕はそうは思わないかな」と首を横に振った。

「これは言わなきゃ。反対に、あれは言わないようにしなきゃ。失敗をしないように、相手が不愉快に思うことはしないようにしなきゃ——そんなことばかり考えていたら、うまく言葉が出てこないのは当たり前だよ」

「それは……」

「味や店の雰囲気への自信――つまり、『満福亭』を好きという気持ち。それを軸に、あとはお客さまに寄り添うだけ。それを心がければ、自然と言葉は出てくると思うよ。美優ちゃんの中の思いを、素直に言葉にするだけだからね」

「私の中の思い……」

「今日は、これを言わなきゃ。あれは言わないようにしなきゃ。そればかりで、自分の素直な気持ちなんて、言えてなかったんじゃない？」

「あ……。そうかも……」

素直な気持ちが言えてなかったかどうかは別として、たしかに「これを言わなきゃ」「あれは言わないようにしなきゃ」――頭の中はそればかりだった。

頷くと、将臣が「まぁ、飲食業も接客もはじめてのことだったんだし、テンパるのは当然なんだけどね？」と言って、美優の頭をポンポンと優しく叩いた。

「明日も存分にテンパってくれていいけど、ただ方向性だけは間違えないでほしいな。『満福亭』では、画一的で、マニュアルどおりで、システマチックな接客は求めてない。たとえお客さまに失礼はなかったとしても、それじゃ意味がないんだ。だって僕は、『嫌いじゃない』『不快じゃない』店を作りたいわけじゃないから。わかるよね？」

「うん、わかる。わかるよ」

「好き」って言ってもらえる――通いたいって思ってもらえる、そんな店でなくちゃ、意味がない。

そのためには、相手を「不愉快にさせない」だけの接客では駄目だ。

「わかりやすく説明してくれて、ありがとう。よくわかったよ」

あとは、それをちゃんと実行できるかどうかだけれど――。

そう言うと、将臣が「大丈夫だよ」と笑う。

「美優ちゃんが素直に、心のままに、お客さまに寄り添う。それさえできていればいい。何も怖がる必要はないよ。失敗なんて、いくらでもしてくれていい。僕は怒らないし、そんなことで揺らぐほど、『満福亭』は魅力のない店じゃないよ。大丈夫」

そう言って、将臣が美優の手を握る。

その力強い言葉に――そして温かな手に、勇気をもらう。

「美優ちゃんは、『満福亭』が好きだろう?」

「うん、好きだよ。近くにあったら、絶対毎日通ってるよ」

間髪容れずきっぱりと言い切ると、将臣が嬉しそうに笑う。

「ありがとう。そこさえブレなければ大丈夫。あとは、美優ちゃんが美優ちゃんらしく素直に思いを口にして――お客さまに寄り添ってくれればいい」

美優は将臣をまっすぐ見つめて、大きく頷いた。

「うん！　頑張る！」

◇＊◇

「いらっしゃいませ！」

カラカラと戸が開いた瞬間、大きな声で元気よく挨拶する。

顔を覗かせた和代が、少し驚いたように目を丸くした。

「お！　元気やな〜！　なんかいいことでもあったん？」

「はい、和代さんが来てくださいました」

笑顔で駆け寄ると、和代が「まぁ〜！　うまいこと言いよるやん！」と笑った。

「昨日はえらい緊張しとるみたいやったけど、今日は硬さが取れてええ感じやんか〜。笑顔が可愛いわ〜。ええもん見た」

「本当ですか？　嬉しいな」

実際、相手を不快にさせてしまうことを恐れていたときとは、話しやすさが全然違う。

笑顔も言葉も自然と出てくるから、不思議だ。

「今日は、アタシのお昼ご飯だけで家族の分はいらんし、久々にテイクアウトやのうて食べていこかと思うんやけど」

「本当ですか？　ぜひぜひ！　『満福亭』のおむすびはもちろん冷めても美味しいですけど、やっぱりできたては格別ですから」

美優の言葉に、カウンターの中の将臣が満足そうに微笑む。

「よろしければ、お味噌汁も一緒に。今日の日替わりは、春きゃべつとお揚げなんです。美味しいですよ！」

「せやねぇ、そうしよか！」

和代がにっこり笑って頷く。

美優もまた笑顔で、将臣の正面の席を手で示した。

「では、こちらの席へどうぞ！」

三品目

‖個性よ光れ！　おむすび寿司？‖

Nishikita Manpukutei

「『満福亭』のおむすびには、山形県産の『つや姫』を使ってるんだ」

将臣が、慎重に升で米を計りながら言う。

米の食味ランキングで、十二年連続で最高の『特A』を受賞したブランド米。日本で一番美味しいと言われている『コシヒカリ』を凌ぐ良食味のお米として開発されたものなのだそうだ。

「お米の味――口の中に広がる甘味や力強い旨味は申し分ない。最高。輝くように白く、大きく、張りのある粒感。適度な硬さもあり、ねばりと弾力もある。さらにおむすびで重要なくちほどけも素晴らしく、冷めても味や食感の劣化が少ない。海苔とも、様々な具材とも相性がいい」

「え？　相性があるの？」

「あんまり気にしたことはないかもしれないけど、あるよ。洋のおかずに合う米とか、和のおかずに合う米とか、いろいろね」

「へぇ……」

将臣が大きなザル三つに一升ずつお米を入れ、それを流しに置く。

「開店前にまずは三升、午前中のお客さまの入り具合によって、お昼過ぎの暇な時間に追加で炊く感じかな」

そして、浄水器のついた蛇口を捻って、米が入ったザルと重ねたボウルに水を入れる。

「米は、研ぎはじめと浸水時に一番水を吸収する。だから、必ず浄水した美味しい水を使ってね」

「研ぐときも？」

「そう。家で炊くときもそうするといいよ。ここみたいに蛇口に浄水器がついてるならそれでいいし、二千円弱ぐらいで浄水ポットがいくらでも売ってるから、それで濾した水を使ってもいい」

「なるほど……」

「米が水に浸ったら、手早く二、三回大きく交ぜる。そして、すぐに水を捨てる」

そう言いながらパパッと掻き混ぜて、すぐザルを上げてボウルの水を捨てる。

「そして、しっかり水切り」

ザルを振って、しっかりと水を切る。

「理由は、さっき言ったとおり。米は研ぎはじめと浸水時に一番水を吸うから」

「あ……！　ぬかで汚れた水を吸わないように？」

「そう。しっかり水を切ったら、研ぐ。『満福亭』のやり方では、手はこう」

将臣が顔の横で「がおーっ」とばかりに手を動かす。

「この手の形で、軽く米を掻き交ぜるイメージ。力は入れない」

そう言って、シャカシャカとザルの中の米を掻き交ぜる。

「本当に軽くだね。それで、ちゃんと研げてるの？」

「うん、これで充分。米同士が擦れ合って、その摩擦で表面のぬかを落とすわけだから、力は必要ないんだ」

「あ、手で落としてるわけじゃないんだ？」

「そう。米を手で擦るんじゃなくて、米同士を擦り合わす感じ。だから、軽くでいい。力を入れるのは、米が割れちゃう原因になるからＮＧ」

再びザルとボウルに水を注ぎ入れて、底から大きく交ぜて、水を捨てる。

そして、もう一度シャカシャカ。

「二回で研ぎは終了。あとは、水を入れて、底から大きく交ぜて、濁った水を捨てる。それを三回か四回繰り返すだけ。水がうっすら下の米が透けて見えるぐらいの透明度になったら、ザルを上げて、しっかりと水を切る」

「え？　そんなに濁っててていいの？」

もっと透明に近くなるまでやるものだと思っていた。

美優が目を丸くすると、将臣がザルを振りながら頷いた。

「うん、このぐらいで。やりすぎると、お米の栄養や美味しさを損ねちゃうんだ」

「そうなんだね……」

「で、三升だから、今のを三回繰り返す」

しっかりと水切りをして、次のザルへと手を伸ばす。

「三升一気に研いでしまいたいけど、美味しいご飯を炊くためにここは手抜きできない。だから、一升ずつしっかりとやる」

「私も、一升分やってみていい？」

「もちろん、やってみて」

将臣が二つ目のザルの研ぎを終えるのを待って、最後のザルで挑戦してみる。

本当に軽く掻き交ぜているだけなので、これでいいのかと心配になってしまう。

しかし将臣は、「うん、それでＯＫ。上手だよ」と笑顔で言ってくれる。

「研ぎ終わったら、ザルをボウルに戻して新たな水を入れ、夏場は最低三十分、冬場は最低一時間浸水させる。そして――」

そこまで言って、将臣が台下冷蔵庫からラップをした新たなボウルを出す。

「こちらが、昨日の夜に研ぎを終えて、一晩冷蔵庫で浸水させたお米になります」

「えっ!?」

思いがけない新たなボウルの登場にポカンと口を開ける。

「え？　あ、あれ？　これは……？」

「昼過ぎに炊く分。今日は大きい注文が入ってるから、追加も三升炊くんだ」

「あ、そうなんだ……。そりゃそっか。今から浸水させていたら、開店までに間に合いそうにないもんね」

将臣が「そうそう」と言いながら、冷蔵庫から出したボウルのラップを取る。

「これが浸水後のお米。見てみて」

言われるまま中を覗き込んで――美優は目を丸くした。

「えっ⁉　白い⁉」

もちろん、浸水前の米だって白いは白い。でも、白の純度が違う。浸水前の米が若干アイボリーがかっているのに対して、浸水後は輝くような純白だ。

「すごい……！　こんなに違うの……？　それに、少し膨らんでる気もする……」

「この状態になっていれば、OK。デンプンが分解されて糖が出てきて、粘りがあってふっくらとした最高のご飯に炊きあがる」

「そうなんだ……」

美優はまじまじと純白の米を見つめて――それからふと将臣を見上げた。

「炊飯器で炊くときも同じようにしていいの？」

「いや、それがね？　最近の炊飯器は炊飯の工程の中に浸水も入ってるんだ。だから、正直研いですぐに炊いてもそんなに変わらない」

「あ、そうなんだ？」

「高価な炊飯器になると、本当にかまどで炊いたのとほとんど変わらない味になるよ。試すたびに、すごいなーって感心するよ」

その言葉に、思わずパチパチと目を瞬く。

「試す……たびに？」

小首を傾げると、将臣がなんだか誇らしげに笑って、胸に手を当てる。

「もちろん、高価な炊飯器は各社試してます。うちには、ＩＨ炊飯器、圧力ＩＨ炊飯器、ガス炊飯器、合わせて二十台ぐらいあるよ」

「ええっ!?　に、二十台って……」

ちょっとした電器屋さんレベルだ。

「これでも減ったんだよ？　最近は家電レンタルサービスを利用するようになったから。そこにないものは、いまだに買ってるけど」

「そうなんだ……」

「面白いもんでね、同じ米を同じように研いだのに、炊き上がりの味は全然違うんだ。A社のこの機種はあっさり、同じA社でも違う機種だと甘味ももっちり感も強くなる。B社のこのブランドはしゃっきり粒立ちが違う、とか」

「えっ？　そうなの？」

「そう。かなり違うよ。炊飯器を買う場合は、家電レンタルサービスを利用して実際に炊いたご飯を食べてから選んでほしいって思うな。まぁ、逆に、先に試すことで揉める可能性もあるんだけどね。たとえば、お父さんがA社推しで、お母さんがB社推しで、子供がC社推しとか、普通にありえるから」

「あー……」

ありえる。予算も視野に入れた大人の意見と、そのへんを気にしない子供の意見では大きく食い違ってしまいそうだ。

「将臣くんのおススメは？」

「え？　僕？　僕がおススメするなら、絶対的に炊飯用の土鍋」

「えっ？」

予想外の答えが返ってきて、美優はポカンとして将臣を見た。

「えっと……炊飯器のおススメを聞いたんだけど……」

「いや、お米の好みって人それぞれ違うし、その家庭の味との相性もあるから難しいよ。だから、薦めるのは土鍋。まずお安いしね」

「そうなの？」

「三合炊きで、大体千円ちょっとぐらいからあるよ。二重蓋――ええと、外蓋とは別に内蓋があるタイプだったら、わりとなんでもいい」

「え？　なんでもいいの？」

「うん。何万もする物はまた別だけど、一万円以下の物だったら、千円ちょいだろうと、九千円だろうと、そう変わらないよ。すごく美味しく炊ける」

「でも、土鍋で炊くって難しくないの？　火加減とか……」

不安に顔を曇らせた美優に、将臣がにっこり笑って首を横に振る。

「いや、それが全然。覚えてしまえば簡単だよ。しかも早いし、美味しい」

「早い？」

「先に浸水までやっておけばね。さっきも言ったけど、今の炊飯器は炊飯工程に浸水も入ってるから、炊飯時間は大体五十分から一時間。急速でも三十分前後ってところかな。その後、蒸らし。でも、土鍋だと沸騰してから十分から十五分ってところだよ。プラス、蒸らし」

「えっ？　そうなんだ」

「そう、おかずを用意してたらあっという間に過ぎる時間だよ」

将臣がそう言って、浸水した米のザルを持ち上げる。

「さて、ここからは炊き。まず浸水してた米を水から上げてしっかりと水切りします。炊く際の水分量をきっちり一定にするためにね」

ザルを振ってしっかりと水を切ってから、お米を羽釜に入れる。

そして、その羽釜をかまどにセットする。

「そうしてあらためて炊飯用の水をしっかり計って入れる。水の量は、米一合に対して一八〇cc〜二〇〇ccとされているけれど、うちのかまどでは一八〇cc」

「うちのかまどでは？　お釜によって変わるの？」

「お釜によっても変わるし、米によっても変わる。ご飯の用途によってもね。うちでは羽釜の蓋の密閉率が高いのと、しっかりと最初に浸水させていることと、しゃっきりと粒立ちのいいご飯を炊きたいから、この量」

計量カップで計った水を羽釜に注ぎ入れて、将臣が美優に視線を戻す。

「最後に、ここに塩を入れます」

「えっ!?」

思いがけない言葉に、思わず目を丸くする。

「最初からお米に味をつけるってこと!?」

「少しだけね。できるかぎりおむすびの味を均一にするために。塩分濃度は〇・三%。米六合に対して小さじ一。三升だと小さじ五。うちでは、ミネラル分の多い塩を三種類混ぜて使ってるよ」

きっちり計った塩を羽釜に入れて、しっかりと掻き交ぜる。

「いよいよかまどに火を入れるよ。その前に、必ず換気扇を回すこと。これ絶対に忘れないで。昔の家はかまどの煙がちゃんと逃げるような設計になっているけど、今の家は違うから。換気扇を回さないと普通に危ない」

「うん、わかった」

大きく頷くと、将臣が「見ててね」と言って、かまどの前に膝をつく。

羽釜の下――竈底に細い小枝を盛り、その上に太い薪を数本置く。そして小枝の下に新聞紙を潜り込ませ、火をつけたマッチ棒をそこに投げ込んだ。

新聞紙を呑みこんだ火がみるみるうちに大きくなり、小枝に燃え移ってさらに勢いを増してゆく。

「小枝が燃えてきたなと思ったら、火吹き竹を吹いて、焚口から内部に空気を送る」

将臣が説明しながら、目の前で実演する。

空気が送り込まれたことで、さらに中の炎が大きく――強くなってゆく。

「結構激しく燃やすんだね」

「最初はびっくりするけど、ここでしっかりと強い火を育てるのが重要」

将臣が炎の大きさを確認して、「よし、ＯＫ」と頷く。

「この感じをよく覚えておいてね。この状態で、沸騰を待つ」

「え……？　うん……」

美優はおっかなびっくり炎を見つめて――将臣に視線を戻した。

「土鍋の場合も、最初は強火？」

「いや、土鍋の場合は中火からはじめるほうがいいよ。土鍋は熱伝導率がとくにいいし、何よりコンロだから火との距離が近いからね」

「火との距離が近い……？　あ、そっか」

一瞬なんのことかと首をかしげたものの、すぐに思い当たって焚口から炎を覗く。

「激しく燃やしてるけど、火と羽釜の底との距離がかなりあるから……」

「そう。実際、これで強火と中火の中間ぐらいなんだ」

「なるほど……」

あれこれ話している間に、羽釜の口と蓋の間から白い湯気が勢いよく噴き出してくる。

「あ、沸いたね」

将臣は再びかまどの前に膝をつくと、火ばさみを焚口に突っ込んだ。

「沸騰したら、火の勢いを落とす」

「中火から弱火にするってこと？」

「そう」

大きな薪をいくつか抜いて、鉄製の炭バケツに入れる。さらに残っている薪を叩いて崩して、火を弱めてゆく。

「こんな感じ。これは感覚だから、見て覚えてね」

「え……？　あ、う、うん……」

（またた……）

将臣の言葉に戸惑いつつ、しっかりと火の状態を目に焼きつける。

「この状態にしたら、あとは十三分から十五分ぐらい待つ感じかな」

将臣が十三分にタイマーをセットして、にっこりと笑う。

「その間に、燃やした薪と灰の処理の仕方を教えるね」

「う、うん……」

引き続き、燃やした薪と灰の処理の仕方を教わる。

真剣に聞きながらも——どうしても疑問が湧いてしまう。

美優は内心首を傾げた。

なんだろう？　不思議だ。まるで美優がここにずっといるかのように教える。

もちろん、ここにいる間はしっかりと働くつもりだ。お客さまでいるつもりはない。

だが、そもそも自分の役目は、この『満福亭』を守ること。

具体的には、婚約者のふりをして、将臣が母と姉を説得する助けとなること。

つまり——将臣が『満福亭』をこのまま続けてゆくことを母を姉に認めさせることが叶えば、その時点で自分の役目は終わる。

(長くても、二週間以内にはなんとかするって聞いてるけど……)

だから、不思議だ。お米の研ぎ方や浸水などの準備はともかく、かまどでの炊き方やその火加減とか、たった二週間お手伝いするだけの人間に教える範囲を超えている気がするのは気のせいだろうか？

一朝一夕でできることでもなし——お客さまに出せるご飯を炊けるようになる前に、二週間など過ぎてしまいそうなものだが。

もちろん、覚えるのが嫌なわけでも、手伝いをしたくないわけでもないけれど。

「――十三分経過。この音、わかる？」

鳴り響いたタイマーを止めて、将臣が羽釜の近くに顔を寄せて何やら確認する。

「うん、いいね。――美優ちゃん」

将臣がおいでおいでと手招きする。

「羽釜の中の音を聞いてみて」

誘われるまま近くに行って、将臣がしたように羽釜に顔を寄せて耳を澄ます。

中からは小さなパチパチという音がしていた。

「パチパチいってる……？」

「そう、それ。それが、羽釜の中の水分がすっかりなくなった音。ここから一分」

将臣が手早くタイマーをセットする。

「お焦げを作る場合は新聞紙を入れて一時的に火を大きくするんだけど、おむすびではお焦げは必要ないから、音が鳴ったらすべての薪を掻き出す」

タイマーが鳴ると同時に、焚口からすべての薪と灰を掻き出して火の始末をする。

「このまま蒸らし。十分ぐらいかな？　ここで蓋を取るのは厳禁」

「本当に早かったね」

たしかに、炊飯器よりも圧倒的に早い。

「土鍋で二合三合炊く場合は、もっと早いよ。沸騰するまでの時間が短いから」

「お休みの日なんかは、こうやってご飯を炊くのもいいなぁ」

仕事の日は、タイマーセットができる炊飯器の便利さを手放せる気がしないけれど。

美優がそう言うと、しかし将臣は首を横に振る。

「むしろお休みの日に何回か炊いて冷凍しておくほうが、普段便利だよ。美味しいし」

「あ、そっか」

その手があった。

羽釜の蓋の隙間から、ご飯の甘くて香ばしい――なんともいい香りが漂ってくる。

「ああ、いい匂い……」

「十分経ったら蓋を開けて、ご飯をしゃもじでほぐす。中心に十字に切り込みを入れて四等分して一ブロックずつ――つまり全体の四分の一ずつ、底からひっくり返すように。粒を絶対に潰さないように、ご飯の中に空気を含む感じで」

将臣が厚手の耐熱ミトンをつけて、水につけておいた大きな木製のしゃもじを持って、羽釜の蓋を開ける。

中に閉じ込められていた蒸気がぶわっと立ち上る。炊きたてご飯特有の甘い香りに、胸が高鳴る。

「手早くほぐしたら、保温櫃に入れて、電源を入れる。これで――終了」

業務用の大きな電気保温櫃の蓋を閉め、将臣はにっこりと笑った。

「量が量だから大変なだけで、やってることはそんなに難しくないでしょ？」

「うん……」

頷きつつも――その言葉には『すぐに覚えられるよ』『できるようになるよ』という
ニュアンスが含まれているように感じて、やはり少し戸惑ってしまう。

繰り返すが、この二週間はしっかり働くつもりだ。お客さま気分でいるつもりはない。

だから、覚えること自体はやぶさかではないのだけれど――。

「よし、じゃあ掃除をお願いしていいかな？　僕はお味噌汁とかの調理に入るから」

「あ、うん。じゃあ、店の外からやるね」

美優は頷いて、素早く身を翻した。

「あ、今日は暇な時間があったら、おむすびの結び方も教えるね」

その背に、将臣がさらに声をかけてくる。

（おむすびの結び方まで？）

美優は驚いて振り返り――ニコニコしている将臣を見つめた。

「う、うん……。わかった……」

正直、頼ってくれるのも、できることが増えるのも——嬉しい。だから、「そこまで覚える必要ある？」なんて口が裂けても訊けないし、言いたくない。

だけど——やっぱり不思議だ。

美優は内心首を傾げながら、箒を持って外に出た。

◇＊◇

阪急西宮ガーデンズの一階のフードコートにある『春水堂《チュンスイタン》』で、温かい文山包種茶《ぶんさんほうしゅちゃ》をテイクアウトして、本館四階のスカイガーデンに行く。

「わぁ……！」

スカイガーデンは、『阪神間の豊かな自然環境との調和』という施設のコンセプトを形にした環境に優しい設計の屋上庭園。

噴水を中心に美しい芝生に豊かな緑、ガーデンテーブルが並ぶくつろぎのスペースに、さまざまなイベントが行われる木の葉のステージと、広くて開放的で、使い勝手がよく、六甲山の雄大な自然を表現したという庭園は、施設を訪れた人々の、そして近隣住民の憩いの場となっている。

日が落ちると、噴水がライトアップされるうえ、足もとの蓄光石も灯り、昼とはまた違った幻想的な雰囲気を楽しめる。

さらに桜の季節には、植えられている桜の木を、実に四十七品種の桜のデータを採取して開発された桜専用の照明でライトアップするという。その美しい姿を堪能できると将臣から聞いて、店終わりに一緒に来たのだが。

「綺麗……！」

思っていた以上の素晴らしい光景風景に、心が躍る。

促されるままベンチに座り、藍色の空に映える薄紅を思う存分堪能する。

「疲れたねー……。今日もよく働いた」

「そうだね」

でも、心地よい疲れだ。

数日前までは、家に帰るなり気力がプツンと切れてしまい、絶望感と虚無感に襲われ、指一本動かすことすら億劫になってしまっていたのに。

身体は疲れていても、心はとても充実している。

「喜んでもらえるのって、嬉しいね……」

美優はお茶の紙コップを両手で包み込んで、唇を綻ばせた。

「毎日、みなさんの笑顔が見られるのが楽しい。私……接客業はじめてだから、今までこんなふうに毎日多くの人に感謝されたことって、経験なくて……」

嬉しそうに商品を受け取って、「ありがとう」と笑ってくれる――そのたびに、心がほこほこと温かくなる。

「忙しいし、慣れない接客も立ち仕事も大変だし、まだ手伝えることも少なくてあまり役に立ててないのがもどかしくもあるけど、でもやっぱり楽しい」

感謝されることで、ある種の承認欲求が満たされている部分も少なからずあると思う。

「美優ちゃん」「美優ちゃん」と話しかけてもらえるのは、本当に嬉しい。

でも、それだけじゃない。

お客さまの笑顔が、喜ぶ顔が嬉しい。もっともっと見たくなる。

『満福亭』のおむすびを食べて、さらに幸せになってもらいたくなる。

お客さまのために尽くしたいという欲求が溢れてくる――。

美優はカップを顔に近づけ、甘やかな香りを胸いっぱいに吸い込んだ。

文山包種茶は、『台湾四大銘茶』の一つ。台湾の烏龍茶の中では軽い発酵タイプで、水色は緑茶のような透明な黄緑色で、味わいも苦みや渋みが少なく、爽やかでスッキリ。清らかな花のような香りが心を落ち着けてくれる――大好きなお茶だ。

「美味しい……」

お茶の清らかで華やかな香りに、夜桜の艶やかで美しい景色に、心が凪いでゆく。

数日前が、本当に嘘のようだ。

美優はあらためて将臣をじっと見つめて、微笑んだ。

「ありがとう、将臣くん。私、今、すごく楽しいよ」

「……そう言ってもらえると嬉しいよ」

将臣もまた嬉しそうに笑う。

単純だけれど――帰ったら、接客業に転職するのもいいかもしれないなとすら思う。

今の仕事はもちろん嫌いじゃないし、やりがいもある。上司にも恵まれていると思う。

自分なんかのことをここまで気遣ってくれて、こんなふうに休みまでくれて――とてもありがたいけれど、あの会社にはやっぱりつらい思い出が多すぎるから。

あの会社にいるかぎり、ずっとその思い出から逃れられないような気がするから。

そこまで考えて――美優は「あ、そうだ」と将臣に視線を戻した。

「今日のお昼、最近このあたりに越して来たってお母さんがいらっしゃったでしょう？　赤いランドセルを背負って、頭に白いポンポンをつけた可愛い女の子と」

「ああ、いらしてたね」

「イートインもテイクアウトも注文が重なってる忙しい時間帯だったから、将臣くんはそのお母さんとほとんど話してないよね？」

「そうなんだよね。正直、『いらっしゃいませ』とか『ありがとうございました』とか、挨拶ぐらいしかできてなかった。新規のお客さまだったのに……」

将臣がひどく残念そうにため息をつく。

「まだ入学式前なんだけど、女の子――久美《くみ》ちゃんは、赤いランドセルがお気に入りで、どこに行くにも離さないんだって。お店でも、ずっと背負ったままで……」

「へぇ、可愛いね。ちゃんと見たかったな」

将臣の言葉に、思わず身を乗り出す。

「か、可愛いよね？　私もそう思ったの。久美ちゃん、本当に嬉しそうで。でも……」

美優はそこで一旦言葉を切ると、おずおずと将臣を見上げた。

「あ、あの、お客さまの話をするのってよくない……かな？」

意外な言葉だったのか、将臣は一瞬目を見開いたあと、顎に手を当てて空を仰いだ。

「うーん……どうかなぁ？　内容にもよると思うけど？　飲食を生業としている以上、お客さまの話題を完全に避けることは難しいよ。仕事は生活のうえで大きなウェイトを占めるものだしね。当然、それについての話って多くなるから……」

「そ、そう？　それなら、もちろん悪口とかじゃないし、久美ちゃんのママを非難する意図はないから……その……少し聞いてもらってもいい？」

将臣が微笑んで――頷く。美優はホッとして、口を開いた。

「あのね？　久美ちゃんは赤いランドセルをすごく気に入っていたけど、久美ちゃんのママはミルクティー色のランドセルを背負わせたかったんだって。すっごく可愛いのを見つけてたそうなの。だけど久美ちゃんは、赤いランドセルが憧れだったらしくて……頑として赤がいいって譲らなかったんだって」

「そうなんだ」

「せめてと思って赤に近い濃いピンクを薦めても、それも嫌だって固辞したんだって。どうしても赤がいいって」

美優は手の中のカップに視線を落とした。

「久美ちゃんのママは、それを『平凡でつまらない』って……。まだ子供だから、あのミルクティー色の良さが、センスがわからないんだって、ため息をついてらして……。私、困っちゃって。まさか『そうですね』なんて同意するわけにもいかないじゃない？しかも、久美ちゃんの前で。どう寄り添おうかって考えて、まずは『ミルクティー色、いいですね！　私の子供のころはなかったから羨ましい』って言ったの」

「まずは、同意したと……」

「そうなの。それから久美ちゃんに、『ミルクティー色もいいけど、赤いランドセルも素敵だよね。久美ちゃんは赤が好きなんだね。入学式楽しみだね』って笑いかけたの。久美ちゃんのママも頷いてくれたし、久美ちゃんも嬉しそうに笑ってくれて……」

チラリと将臣の様子を窺うと、将臣はうんうんと頷いて微笑んだ。

「いい対応だったと思うよ」

「ほ、本当？」

「うん、どちらの意見も肯定していて、いいと思う」

その言葉にホッとする。

「よかった……。でも、あとから気になっちゃって……」

「対応がまずかったんじゃないかって？」

「それもあるかな？　あれでよかったのか、久美ちゃんのママを不愉快にさせてないか、久美ちゃんを傷つけてないか、心配だった。あとは、その……久美ちゃんのママの言う、『平凡でつまらない』とか『個性がない』とか『右倣えでどうする』、『自分らしさを持ってほしい』って言葉が……なんて言うか……」

美優は再び俯いた。

「久美ちゃんが、ただ単純に赤が好きだったのか、それともみなと同じがよかったのか、それはわからないけれど……『ここでミルクティー色を選ばない子は駄目だ』みたいな口ぶりに……その……ちょっとモヤモヤしちゃったと言うか……」

こういう言い方は良くないだろうか？　美優は「繰り返すけど、久美ちゃんのママを批判してるんじゃないよ」と念押しして、カップを包む両手にグッと力を込めた。

「ただ、その……私も今まで散々『平凡でつまらない』って言われてきたのもあって、たとえ心から好きな色だったとしても、平凡を選ぶのはそんなにつまらないのかって、駄目なのかって……。自分らしさって、いったいなんだろうってなっちゃって……」

「……それは、久美ちゃんのママを批判してるんじゃないの？」

将臣が首を傾げる。

美優は慌てて首を横に振った。

「違うの。そういう感想を抱くことが悪いって言ってるんじゃないの。そうじゃなくて、私もずっとそういう評価だったから、もっと久美ちゃんに寄り添ってあげたかったの。『赤も素敵だよ』以外にも、もっといろいろ声をかけてあげたかったの。でも私自身、〝自分らしさ〟ってよくわからなくて……」

そこまで言って、美優はため息をついて背中を丸めた。

「ご、ごめんなさい……。批判に聞こえた？　よくないなら、もうやめる……」

「いや、美優ちゃんの思いを知りたかっただけだよ。大丈夫、続けて」

ポンポンと――優しくて温かくて大きな手が美優の背中を叩く。まるで美優の言葉を促すように。

「っ……」

じんわりと胸が熱くなる。たったそれだけのことで、涙が出てしまいそうになる。

聞いてくれる。まっすぐ向き合ってくれる――それが力になる。

美優は唇を嚙み締めて、顔を上げた。

「特出した何かなんて、何一つ持ってない。無難に無難に生きてきた……。そんな私に自分らしさなんてあるのかなって……」

気が弱くて、引っ込み思案で、平凡で、つまらない――そんな美優の〝らしさ〟とはいったいなんだろう？　わからない。

しかし、将臣はあっさりと首を縦に振った。

「そりゃ、もちろん。って言うか、自分らしさは、強い個性や他者とは一線を画す何かを持っているかどうかとはまた別の話だと思うけど？」

「そう……なのかな？　でも、〝みんなと同じ〟は〝自分らしさ〟ではないんじゃ？」

特筆すべき個性がない自分には、自分らしさがないってことなのではないのか。

そう言うと、将臣は今度は首を横に振った。

「僕は、他者との〝違い〟が自分らしさに直結するとは思わない」

「え……？　でも……」

「だって、そうだろう？　幼いころ美優ちゃんが抱えていた問題――父親が酒乱のＤＶ男だったのも、母親とともに遠方に逃げたのも、みんなが経験することじゃないよ？　僕だってそうだ。ひどい放置子だったのも、そこから搾取子にジョブチェンジしたのも、みんなと同じではないよね？　他者との違いが自分らしさの根源だとするなら、僕らは生い立ちの時点で、もう充分すぎるほどそれを持ってることにならない？」

「……！　それは……」

思いがけない言葉に美優はポカンと口を開けた。

もう持っている？　それなのに、突出したものは何もなく、誇れるようなこともなく、何をやっても人並み。いつも評価は〝平凡〟〝凡庸〟――。

自己主張も、人前に出ることも、目立つことも、人と争うことも苦手。そのせいで、いつも言われるのは、「つまらない」「大人しすぎる」「良い子ちゃん」「偽善者」「主体性がない」「人の顔色を窺ってばかりでムカつく」――。

「だったら、もう……救いようがないんじゃ……？」

思わず零してしまった言葉に、将臣がやれやれといった様子で肩をすくめる。

「美優ちゃんは、とことん自分に自信がないんだね。どうしてだろう？」

「どうしてって……。逆にどうやったら自分に自信が持てるの？　評価にかんしては、さっき言ったとおり。人づきあいにかんしては、ほとんどうまくいったためしがない。恋だって……うまくいかなかった……」

あまつさえ加害者になってしまった。

「誇れるところなんて……一つもないもの……」

どんどん声が小さくなってゆく。背中が丸まってゆく。

こんなこと言ったところで、ウザがられてしまうだけだ。

わかっているのに――止まらない。止められない。

「……そんなことないんだけど」

将臣がそっとため息をつく。

そして――藍の空に映える薄紅を見上げて何やら逡巡すると、再びポンポンと優しく美優の背中を叩いた。

「――ねぇ、美優ちゃん。明日は定休日だし、難波《なんば》あたりにでも出掛けようか」

突然思わぬ方向に話が飛んで、美優はパチパチと目を瞬いた。

「えっと……？」

「着替えだとか、化粧品だとか、ほかにもいろいろと、先日急いで購入した分だけじゃ足りないでしょ？　買いものに行こう」

「えっ⁉」

美優はギョッとして、慌てて首を横に振った。

「い、いいよ！　充分だよ！　これ以上は申し訳ないよ！」

「僕の頼みでここに留まってもらってるのに、不自由させるわけにはいかないよ」

「それ、この前も言ってたじゃない。だから支払わせてくれって。だから、先日の分は買ってもらったけど……でもこれ以上は……」

「でも、この前買ったのって、本当に最低限だったじゃないか。着替え二組に、下着や靴下も二組、寝間着、お泊りスキンケアセットだけ」

「そ、それだけで充分だよ。不自由はしてないもの」

頑なに首を横に振る美優に、将臣が「なんでそんな嫌がるの？」と眉を寄せる。

「気にすることないのに。僕がそこそこの小金持ちだって知ってるでしょ？」

「そ、それとこれとは話が別だと思う」

相手が金持ちだったら、不要なものまで買ってもらっていいなんて理屈はない。

「足りないものがあったら、それはちゃんと自分で買うよ。普段、キャッシュカードやクレジットカードはお財布に入れてるから持ってないけど、ICカードもスマホもあるから、お金がないわけじゃないんだし……」

だから、東京から西宮まで来ることができたわけだし。

そう言うも、将臣も将臣で、頑なに申し出を引っ込めない。

「いや、でも、『満福亭』を手伝ってもらってるし、バイト代だと思って受け取ってよ。じゃないと、僕のほうが申し訳ないよ」

「手伝いって言ったって……大したことできてないのに……」

バイト代と言われても、客間に泊まらせてもらっているのと、滞在中の食事や水道・光熱費等々を考えると、むしろこちらが支払わなきゃいけないぐらいではないのか。

「でも、それじゃやっぱり申し訳ないよ。もう少し出させて。ね？」

「でも……」

「ね？　頼むよ」

ついに両手を合わせて拝まれてしまう。

美優は根負けして、がっくりと肩を落とした。

「……わかった。もう少しだけ。もう少しだけね？　たくさんは受け取らないからね」

それでも――これ以上は譲らないとばかりに何度も「少しだけ」と繰り返す美優に、将臣はひどく満足げに笑った。

「本当……美優ちゃんは、すごく魅力的な娘《こ》だと思う」

「……？　今、そんな話してた……？」

ポンポン飛ぶ話に、なんだか脱力してしまう。

「将臣くんは、私のことをよく知らないからそう言うんだよ」

「そんなことないよ」

「そんなことあるよ」

むぅっと眉を寄せる美優の顔を覗き込んで、将臣は悪戯っぽく笑った。

「明日、教えてあげるよ。他者と違うところが――強い個性だけが、〝自分らしさ〟を、〝魅力〟を作ってるわけじゃないってことをね」

◇＊◇

「むすび……寿司……？」

南海なんば駅は三階、北改札内。

駅のホームにあるお店といえばＫＩＯＳＫや立ち食いそば、駅弁などが定番だけれど、和モダンでスタイリッシュなその店の看板には、『寿司』の文字。けれど、その隣には、『むすび』の文字に、三角のおむすびのロゴ。

向かって左にはテイクアウト用の窓口に大きなショーケース。向かって右にはガラス引き戸があり、その奥はイートインスペースとなっている。そのイートインスペースは、藍色の暖簾にすっきりとした木のカウンターと、まさに回らないお寿司といった感じだ。

「お寿司なの……？」

だが、店の看板やポスターの写真では、三角に成形されたしゃりの中心部分にネタが載っている。

「おむすびなの……？」

首を傾げつつ将臣を見ると、将臣は悪戯っぽく笑ってガラス引き戸を開けた。

「どちらでもあるし、どちらでもないと言えるかな。どちらなのかは、美優ちゃんが食べてみて判断すればいいよ」

「そう……？」

中に入ると、元気のいい「いらっしゃいませ」が出迎えてくれる。

イートインスペースは五席。美優は将臣とともに、カウンター内でにこやかに微笑む大将の正面に腰を下ろした。

「『選べる3個セット』を二つで」

将臣が大将に言って、美優にメニュー表を手渡す。

「三つ、この中から好きなのを選んで」

「え？　えーっと……」

『選べる3個セット』はむすび寿司三つとあおさと海苔の味噌汁という内容らしい。

（どうしよう？　どれも美味しそうで迷っちゃう……。あ、でも、これもおむすびなら、勉強になるほうがいいかも……？）

それなら──『満福亭』にも似たものがあるものと、逆に『満福亭』にはないものにするのはどうだろう？

美優は少し考えて、大将を見上げた。

「じゃあ、私は、『とろとろ卵黄醤油漬け』と『天然南まぐろの赤身』。『鯛と紀州南高梅のゆかり』でお願いします」

卵黄醤油漬けは『満福亭』のものと比較できるし、がっつり生もののまぐろの赤身は『満福亭』で出すことは難しいだろう。そして今が旬の鯛。──うん、いいバランスだ。

自分の注文に満足してうんうんと頷いていると、将臣が目もとを優しくして微笑む。

「僕は、『赤海老とごま油卵黄醬油』と『いくらと漬けサーモンの親子むすび』、あと『焼き鯖のGARI胡麻和え』をお願いします」

「かしこまりました。『鯛と紀州南高梅のゆかり』と『焼き鯖のGARI胡麻和え』は、海苔になさいますか？　めはりになさいますか？」

「あ、せっかくなんで、焼き鯖のほうはめはりでお願いします」

「わ、私も……鯛もめはりでお願いします」

「かしこまりました」

大将がテキパキと用意をはじめる。

回らないお寿司のように、目の前のカウンターにゲタ——下駄のような形状の木製の台が置かれると、否応なしに期待が高まってくる。

「すごい……。なんだかワクワクする」

「期待していいよ。『むすび寿司』さんは、あの『スシロー』を運営する会社のグループが新たに立ち上げたお店なんだ」

「へぇ、そうなんだ。あれ？　たしか、ニシキタにその会社のほかのブランドのお店もあったよね？　先日、連れて行ってくれた……」

「そう。大衆寿司居酒屋の『杉玉《すぎだま》』ね。あの店も同じ会社だよ」

将臣が頷いて、メニューの写真を指で示した。

「江戸時代末期に花開いた屋台文化で流行したボリューム満点のにぎり寿司をヒントに、この令和の時代に合わせて、より手軽に、リーズナブルに、さまざまな用途に合わせて食べられるようにした、『醤油も箸もいらないワンハンドで食べられるお寿司』なんだそうだよ」

将臣の説明に、大将が「よくご存じで」と嬉しそうに頷く。

「じゃあ、やっぱりお寿司なの？　おむすびっぽい見た目ではあるけど」

「でも、むすぶんだよ。握るんじゃなく」

「あ……そっか……」

そんなことを話しているうちに、ゲタに一つ目のむすび寿司が置かれる。

「お待たせいたしました。『天然南まぐろの赤身』でございます」

「……！　わぁ、綺麗……」

お寿司にしてはかなり大きい。

赤酢を使っているのだろう赤みをおびたご飯に、着物を羽織るように巻かれた海苔。

そして、てっぺんに盛られた角切りまぐろの深い赤に目を奪われる。

将臣を見ると、「どうぞ。すぐに食べてみて」と微笑む。

美優は「じゃあ、お先に失礼して」とむすび寿司に手を伸ばした。

「……！」

持っただけで、お寿司の軍艦とは食感が大きく違うことがわかる。しゃりはふんわり空気を含んでいて、柔らかい。

（本当に、おむすびみたい……）

ワクワクしながら一口食べて——美優は目を丸くした。

「お、美味しい……！」

しゃりは案の定ふんわり柔らかく、口に含んだ瞬間にほろほろほどける。南まぐろも味が濃くもっちりしていて、醤油の風味とワサビの香りが鼻に抜ける。

息つく暇もなく、あっという間に食べてしまう。

すごく美味しい。

「美味しいけど……」

これは、どっちなんだろう？　お寿司？　おむすび？

ますますわからなくなって、考え込んでしまう。

「どう？」

将臣が『いくらと漬けサーモンの親子むすび』を皿に取りながら、美優を見る。

「あ、あのね？　使われているのは間違いなくお寿司の材料なの。赤酢のしゃりに海苔、良質なまぐろを漬けにしてある。そのまま軍艦巻きだって、巻き寿司だって作れちゃう。でも、どうしてだろう？　軍艦巻きとも巻き寿司ともまったく違う味わいなの」

それが、不思議で仕方がない。

「しゃりの硬さのせいなのかな？　握ってないから？　『満福亭』のおむすびみたく、口に含んだ瞬間にほろほろとほぐれて、具材と絡み合う。食感が違うから、味わいも、食べたときの印象も、大きく違うのかな……？」

――わからない。ただ、一つだけ確かなのは、これがお寿司にしろ、おむすびにしろ、美優が今までに食べたことがない味だということだ。

「それで？　結局美優ちゃん的には、お寿司だと思う？　おむすびだと思う？」

「うーん……将臣くんの言ったとおり、どちらでもあるしどちらでもないっていうのが、一番しっくりくるかも？　あるいは、今までにないまったく新しいお寿司、かな」

食べたのが『天然南まぐろの赤身』だったからかもしれないけれど、若干お寿司感が勝っていた――気がする。

ただ、やっぱり既存のお寿司やおむすびの型にはハマっていないように思う。

『とろとろ卵黄醤油漬け』は、醤油漬けにした卵黄自体の味は『満福亭』のそれとよく似ていた。ねっとりした食感と、まろみのある醤油の味わいも。

それなのに、全体の味わいは驚くほど違う。まったく別ものだ。白ご飯と合わせるか、しゃりと合わせるかで、こんなにも印象が変わるのかと思う。

「あ！　めはり美味しい〜！」

『鯛と紀州南高梅のゆかり』は、おむすびでは定番の梅とゆかりが使われてるからだろうか？　先の二つよりもおむすび感が少し強い気がする。

美優の隣で、『焼き鯖のＧＡＲＩ胡麻和え』を食べた将臣もまた目を丸くする。

「あ、いいねぇ！　めはり！　美味しい！　あと、ガリもなかなかいい仕事してるなぁ。これ、うちでも取り入れられないかな？」

「酢飯にガリと胡麻かぁ……。それも美味しそうだね……」

ゲタの上に盛られたガリを見つめて――美優は「あ……！」と手を叩いた。

「ガリもいいけど、みょうがもいいよ。ガリと同じ甘酢漬けでも、生でも使えるしね。『満福亭』には、みょうがのおむすびはある？」

「みょうが？　いや、ないなぁ」

「今までの初夏、夏の限定メニューは？」

「ええと……とうもろこしの炊き込み、穴子のバラちらし、鰻×大葉、紅生姜×大葉、たこめし、葉唐辛子の佃煮……ぐらいかな？」

将臣が思い出しつつ答える。――メニュー名だけでゴクリと喉が鳴る。美味しそうだ。

「それらには遠く及ばないかもしれないけれど、みょうがの甘酢漬けと胡麻、焼き鯖と生のみょうがと大葉、生のみょうがとたたき梅とかどうかな？　三つとも、白いご飯に交ぜ込むだけ。私のおすすめは、たたき梅かな。子供でも美味しく食べられる」

「へぇ、いいね。あ、もしかして、美優ちゃんのお母さんの味だったり？」

「お祖母ちゃんの味かな。中学に上がる少し前ぐらいに、よく食べてた」

「そうなんだね。……ありがとう。勉強になった。この夏にでもやってみようかな？」

その言葉に、なぜかツキンと胸が痛む。美優は驚いて胸に手を当てた。

（なんだろう……？　この痛み……）

傷つく言葉なんて、一つもなかった。普通の話しかしてないのに。

（でも……夏か……）

美優はお味噌汁のお椀を両手で包んで、俯いた。

（遠いな……）

あと一週間と少しで、自分はここから離れる。

夏は遠い。そして、東京と西宮も——遠い。

将臣が語る未来に、自分はいないのだ。

それが——なんだかたまらなく寂しい。


「さて——『むすび寿司』さんはどうだった？」

店を出て、改札を抜け——階段の手前で、将臣が振り返る。

「すごく美味しかったよ。お店でも言ったけど、お寿司でもあり、おむすびでもあり、だけどそのどちらでもない感じ……。本当に新感覚だった」

「そうだね。お寿司としても、おむすびとしても、ほかにはない唯一無二の味だと思う。これ以上、〝突出した個性〟はないよね」

将臣は頷いて——それから口もとの笑みを消した。

「おむすびらしいおむすびを出している『満福亭』は、『むすび寿司』さんに比べたら、まるでゴミみたいな店だよね」

「えっ⁉」

予想だにしていなかった言葉に、一瞬言葉を失う。

美優は大きく目を見開いて——慌てて首を横に振った。

「そ、そんなことない！　なんでそんなこと言うの⁉」

ゴミみたいだなんて！

「何言ってるの⁉　将臣くん！　そんなわけ……」

「だって、そうだろう？　他者との〝違い〟が〝自分らしさ〟の根源だとするなら、『満福亭』には〝らしさ〟なんてない。ありきたりで、平凡で、つまらない店だよ」

「そんなことないってば！」

さらに言い募る将臣の腕をつかみ、もう一度激しく首を横に振る。

「本当にそうだったら、あんなに多くの人に愛されているわけないじゃない！　『満福亭』の良さと『むすび寿司』さんの良さは、まったく別のものだよ！　同列に語っちゃいけないものだよ！　そんなふうに言わないで！」

そんな言葉は聞きたくない！　『満福亭』をそんなふうに卑下しないで！

将臣をにらみつけて叫ぶと、彼はなぜか満足そうに目を細めた。

「――そう」

大きく頷いて、将臣の腕をつかむ美優の手に、自らのそれを重ねた。

「僕もそう思うよ」

「え……？」

一八〇度変わった意見に、わけがわからずポカンと口を開けてしまう。

「え……？　な、何……？　どういうこと……？」

「『むすび寿司』さんには『むすび寿司』さんの理想とする味や表現したいものがある。そして、僕には僕の理想とする味や表現したいものがある。そこに上も下もない」

そう言ってギュッと美優の手を握り、美優の目をまっすぐ見つめて、将臣は微笑んだ。

「今、美優ちゃんが言ったとおりだ。みんなと同じだから、ほかにない突出した個性がないから、魅力がないなんてことにはならない。そういうわかりやすいものはなくても、美優ちゃんは魅力的だよ」

「えっ……？　な、なんで、私……？　今は『満福亭』の話を……」

そこまで言って、昨日の夜の話を思い出す。

（あ……！）

美優は息を呑んで、まじまじと将臣を見つめた。

「明日、教えてあげるよ。他者と違うところが――強い個性だけが、〝自分らしさ〟を、〝魅力〟を作ってるわけじゃないってことをね」

昨夜の言葉は、そういうことだったのだ。

「わ、私は……」

「嬉しそうに赤いランドセルを背負ってる久美ちゃんは、すごく可愛かったでしょう？　ランドセルがミルクティー色じゃなくても、輝いて見えたでしょう？」

「う、うん。すごく可愛かったよ」

「同じことだよ。平凡だから魅力がないなんてことはないし、逆に奇抜だから魅力的ってわけでもない。人の魅力って、そんな単純なものじゃないと思うよ」

「そ、それは……」

美優は俯いた。理屈はわかるし、『満福亭』や久美ちゃんの話なら納得もできる。

だけど――どうしてだろう？　自分のことになると素直に頷けない。

「でも、私は本当に……平凡で、つまらなくて……」

なおも下を向いて何やらモゴモゴと言い募ろうとする美優に将臣はそっと息をついて、

「聞いて」とばかりに美優の手を握るそれに力を込めた。

「ねぇ、美優ちゃん。平凡って、ありがちで、珍しくない、当たり前、その他大多数と同じってことだよ？　それってどういうことかわかる？　持っていて当たり前のものを、当たり前に持っているってことだよ？」

考えもしなかった言葉だった。

美優は弾かれたように顔を上げ、再びまじまじと将臣を凝視した。

「え……？」

「人の性格においての平凡とはつまり、人として当たり前に持っているべきものを持っているってことだと思う」

「人として……当たり前に持っているべきものを……持っている……？」

あっけにとられたままおうむ返しに呟く美優に、将臣が力強く頷く。

「そう。素直さ、正直さ、知恵に知識、勤勉さ、誠実さ、思いやり、優しさ、慎重さ、謙虚さ、節度、倫理観、精神性――そういったものを。そういう人として大切なものが著しく欠けたりしていないからこそ、〝平凡〟でいられるんだよ。それを持たざる者は、〝平凡〟にすらなれないんだ。いい？　美優ちゃんは持っていないんじゃない。逆だよ。すべて持っているんだ」

「すべ……て……？」

（私が……？）

持っている？

にわかには信じられなかった。

そんなふうに考えたことはなかった。

でも、たしかに理屈はわかる。

何かに突出しているだけじゃない――何かが大幅に欠けていても、それは目に見えてわかりやすい個性となりえるだろう。

その時点で、その性格・性質は平凡とは言えない――。

「平凡は、〝定番〟や〝王道〟とも言い換えることができる」

「定番に……王道……」

「そう。『満福亭』の一番人気は、定番の焼鮭だよ。尖った個性とは無縁だ。上質な塩鮭を丁寧にしっとりと焼き上げただけのものだからね」

「それは……」

「エンターテインメントでは、〝安易〟とも取られて批判の言葉になることもあるけど、なんだかんだいって強く人の心を打ち、だからこそ流行りすたりに左右されることなく常に需要があり、そのため名作も多数生まれ、長く愛されている――それが〝王道〟だ。恋愛漫画の王道とか、バトル漫画の王道とか、聞いたことあるでしょ？」

「う、うん……」

「定番が、期間限定メニューの目新しさに隠れてしまうこともあると思う。王道には、邪道の奇抜さのように目を引く派手さはないと思う。でも、だからって、定番や王道に魅力がないなんてことにはならない」

「……将臣くん……」

「平凡も同じだよ。欠けたものがない代わりにほかにはない突出したものもないから、目新しさ、珍しさ、目を引く派手さがない。そういう表面的なものに囚われがちな人は『つまらない』なんて言うかもしれない。でも、平凡に魅力がないなんてことは絶対にないんだ」

一気にそこまで言って——将臣が息をつく。

そして、あらためて美優を見つめて、ひどく悲しげに微笑んだ。

「僕みたいな欠けているものだらけの人間には、平凡は眩しいよ」

「っ……そんな……！　将臣くんが、欠けているものだらけなんて……」

「僕は、平凡になりたかった」

美優の言葉に被せるように、将臣が言う。

「いつだって、僕が望んだのは——平凡だった」

「っ……」

性格・性質のことは、正直よくわからない。「欠けているものだらけ」という言葉を根拠をもって否定できるほど、将臣のことを知らない。

でも、今の言葉が性格・性質のことだけを言ってるんじゃないことはわかる。

反射的に、両手で将臣の手を包み込む。

ぎゅうっと強く握り締めると、将臣が今にも泣き出しそうに笑った。

「美優ちゃんだってわかるはずだよね？　平凡な家庭がほしかったよね？」

「うん……うん……！」

「性格・性質において、君は——その恋焦がれた平凡を持ってるんだ。それはね、今は気づいていないだけで、とても尊いことだよ。どうか大切にしてほしい」

将臣もまた、もう片方の手で美優の両手をポンポンと叩く。

しっかりと握り合った両手が、少しずつ熱を持ってくる。それに誘われるかのように、胸もじんわりと熱くなってゆく。

「否定され続けたら、自信が持てなくなるのもわかる。でも、君の魅力に気がつかない可哀想な人たちの戯言なんか、後生大事に抱えていないでくれ」

「……将臣くん……」

「高畑さんが、『可愛いわ〜！』って言ってただろ？　江原さん夫妻も、『美優ちゃんの笑顔はええなぁ』って言ってただろ？　荒川さんも『いい子だ』って言ってただろ？　僕も、何度でも言うよ。『美優ちゃんは魅力的だ』って——」

「っ……」

胸の内で高まった熱が、涙となってほろりと零れる。

「今、目の前にいる人たちの言葉を、素直に受け止めてほしい。そしてそれを、いつか自信に変えてほしい。――ゆっくりでいいから」

「う、ん……」

ようやく頷いた美優に、将臣がほっとした様子で微笑む。

そして、「美優ちゃんはね？」と美優の両手を口もとに引き寄せた。

「大人しくて引っ込み思案なのに、半面――困っている人を放っておけない。優しくて、思いやりがあるから人の傷に敏感。それもあって強く自分の意見を押し通すことが苦手。誰かを傷つけてしまうぐらいならと、場を譲りがちだ。同じ理由から、なりふり構わず突っ走ることはできない。周りを見ながら、静かにコツコツ頑張るタイプだ」

美優の手の甲にそっと口づけして、噛んで含めるようにゆっくりと言葉を紡ぐ。

「人づきあいは下手だと――苦手だと言いながら、人が好き。人の喜びや笑顔が自身の喜びに、笑顔に繋がる。それだけじゃない。共感力はわりと強めで、人の悲しみや傷が自分の悲しみや苦しみに繋がる。相手がだれであっても、なんとかしたいと強く思う。そのための努力は惜しまない。見返りもとくに求めない」

そのゆったりとした優しい声が、ゆっくりと美優の内側を満たしてゆく。

「和のもの、昔ながらのレトロなもの、女の子らしいものが好き。奇抜なものは苦手。流行りに乗るのもわりと苦手だ。珈琲・紅茶も好きだけど、それよりも日本茶が好き」

「……ふ……」

「そのすべてが、美優ちゃんのらしさだと——魅力だと、僕は思っているよ」

ボロボロと涙が零れる。美優は何度も何度も頷いた。

将臣の言葉が、過去の傷を癒してゆくようだった。

「誰かと比べる必要なんてない。誰かの上である必要もない。誰かを基準にして自信を持とうとするのは、とても危険で歪なことだと思う」

将臣が「誰かのように在ろうなんてしなくていい」ときっぱりと言う。

「自信がなくなったときは、自分にないものを数えないでほしい。自分にあるもの——持っているものこそを数えてほしい。そしてそれらを認めて、大切にしてほしい」

将臣が美優の手を離して——頬を伝う涙をそっと拭ってくれる。

でもその優しい指が、仕草が、さらなる涙を誘う。

「『満福亭』を卑下しないでって言ったね？　好きなものを貶《けな》されるのは嫌なものだ。わかるよ。だって、僕も同じだから。——美優ちゃん。お願いだから、これ以上自分を卑下しないで。美優ちゃんは、僕のヒーローだったたって言ったろう？」

将臣が「僕のヒーローを貶さないでよ」と言って、美優の額を軽く小突く。
「誰がなんと言おうと、僕のヒーローは最高に素敵な人なんだから」
「っ……」
たまらず、美優は両手で顔を覆った。
ああ、これ以上の言葉があるだろうか？
こんなの――響かないわけがない。
（ああ……）
たくさんの心無い言葉に傷ついてきた。
躓《つまず》くたびに、失敗するたびに、自信を失っていた。
そうして、いつしかコンプレックスで雁字搦《がんじがら》めになっていた。
その言葉を信じ込んで、自分自身を大切にできなくなっていた。
誰よりも自分自身が、自分なんかと自分を貶《けな》し、貶《おとし》め、蔑んでいた――。
「……ふ……」
頑なだった心が解けてゆく。
美優を縛りつけていた鎖が壊れてゆく。
すべてが涙となってあふれて、零れて、消えてゆく――。

「……ごめん、なさ……。す、少し……だけ……」

「――いくらでも」

将臣が優しく笑って――静かに泣く美優をそっと引き寄せ、ポンポンと優しく背中を叩いてくれる。

その言葉に甘えて、美優は将臣に縋って泣いた。

もう心に痛いだけだった過去の恋を、忘れるために――。

四品目

ヤキモチ焼きの焼きおむすび

Nishikita Manpukutei

ついに――それはやってきた。

「ああ、美優ちゃん！　ええとこ来たわ！」

お手洗いを済ませて戻ると、明るく元気な声が飛んできた。

美優は顔を上げ――出入り口に一番近い席に座っている二人に笑いかけた。

「いらっしゃいませ、江原さん。いつもありがとうございます」

江原は八十歳手前ぐらいの老夫婦だ。

『満福亭』には、いつも運動がてらやってくる。ともに、黒のジャージにドライ素材の春らしい淡い色合いのパーカー、よく使い込んだランニングシューズといういでたちだ。

そして、真っ白のタオルを首からかけている。

「ちょっと……美優ちゃんを巻き込むのはやめてくださいよ」

玉子をボウルに割り入れながら、将臣が嫌そうに眉を寄せる。

「はぁ？　巻き込むてなんやねん。この店はもうすぐ将坊と美優ちゃんの二人のものになんねんから、むしろ美優ちゃんが議論に参加せぇへんのはおかしいやろ」

「そうじゃなくて……美優ちゃんに頼まれたらやらざるを得ないじゃないですか……。僕が美優ちゃんのお願いを断れるわけないでしょう」

「それこそ何言うてんねんな。――それが狙いやろがい」

江原があっけらかんと言って、将臣がため息をつく。

ええと――なんの話だろう？

「なんですか？　江原さん。私、将臣さんを困らせるようなことは……」

首を捻りながら傍へ行くと、江原さんがニヤリと笑った。

「美優ちゃん、『満福亭』の焼きおむすび、食べたない？」

「えっ？　食べたいです！」

考えるまでもなく、間髪容れず首を縦に振る。だって、食べたい！

瞬間、江原が「よっしゃあ！　俺の勝ちやな！」とガッツポーズをした。

「えっと……それでいったいなんの話？」

玉子焼きを巻きながら参ったとばかりにため息をついた将臣に、パチパチと目を瞬く。

それに答えたのは、江原だった。

「イートイン限定でええから、焼きおむすびをメニューに加えてくれんかって話をな」

「焼きおむすびを……」

「そうなの。この人、焼きおむすびが大好きなのよ」

奥さんが「わがまま言ってごめんなさいね」と苦笑する。

美優は「そうでしたか」と頷いて、江原に笑いかけた。

「焼きおむすび、いいですねぇ。定番で言うと……お醤油ですか？　お味噌ですか？」

「どっちも好きやけど、どっちかって言うなら味噌かなぁ。ちょい甘めの味噌」

「私もお味噌のほうかしら。ねぎ味噌とか」

「ああ、いいですね～！　私はお味噌なら、大葉味噌や味噌バターが好きです」

「あ、いいわね～！　大葉味噌！」

　奥さんが目を輝かせて手を叩く。

「味噌の焼ける香りってたまらんのよなぁ～。あの芳しさよ。あの香りだけで、ご飯が何杯でもイケてまうわ。焦がし醤油の香ばしさも、もちろんええんやけど……」

「すごくよくわかります。そちらも捨てがたいんですけどね」

　大きく頷くと、江原がふと人差し指を唇に当てる。

「そういや、うちでは甘口のあわせ味噌を使うんやけど、やっぱりそれにも地域性って出るんやろか？　美優ちゃんとこはどうやったん？」

「あー……こっちにいたころは、うちも甘口のあわせ味噌でしたね。埼玉では、甘めの赤味噌を使うことが多かったですね。『けんさん焼き』と半々ぐらい……」

　そう言うと、夫妻が顔を見合わせる。

「なんやの？　そのケンサンヤキって」

「ああ、けんさん焼きは新潟県の郷土料理です。簡単に言うと、生姜味噌を使った焼きおむすびです。祖母のお父さん――私から見たら母方の曾祖父ですね。その実家が新潟で、祖母は子供のころよく食べていたらしくて、うちでもよく作ってくれたんです。冬場はとくに」

「へぇ！　生姜味噌？」

「はい、味噌におろし生姜とみりんを加えてよく練ったものですね。味噌は辛口の赤を使うことが多いです。それをたっぷりと塗って焼くんです」

「おお！　美味そうやな！」

「はい、生姜がきいていて美味しいですよ。少し大人の味かな？」

「生姜がきいているから、冬場が多いのかしら？」

「そうですね。食べると生姜の効果でポカポカします」

「まぁ……！　冷え性の私にはピッタリね。それはぜひ作らないと」

ぜひと勧めると、江原が「ん？」と首を傾げた。

「それで、それでなんでけんさん焼きって名前なん？」

「なんでも、上杉謙信《うえすぎけんしん》が戦のときに、兵糧のおむすびを剣の先に刺して、焚火で焼いて食べたところから来ていると言われています」

「は？　謙さん焼きってことかいな！」

「それも一説ですね。剣に差したから剣差し焼き、剣先に差したから剣先焼き、そして上杉謙信がやったことから謙信焼き、そのあたりから来てるんじゃないかって話です」

「はぇーそうなん。ええなぁ、食べてみたいわ」

　美優は人差し指を顎に当てて、天井を仰いだ。

「私もお味噌の焼きおむすびが食べたくなってきました。でも、なんだかんだやっぱりお醤油も捨てがたいですよね。ノーマルな鰹節×だし醤油、そこにチーズを入れたもの、天かす×大葉×だし醤油や醤油バター、明太子×醤油バターとかも捨てがたい……」

「まぁ、食べたことないものがいっぱい」

「最近の子はやっぱり発想がちゃうなぁ。明太子×醤油バターは美味そうや」

「変わり種だと、ベーコン×粉チーズ×マヨネーズとか……。炒り玉子×ウインナー×ケチャップもいいですね。あ！　カレー×チーズやキムチ×豚バラ×チーズなんかも！　和風以外の焼きおむすびというのもまたオツなんですよね～」

「いいわねぇ！　食べてみたいわ。あと、私、アレも好きよ。バーベキューのときの、焼肉のタレの焼きおむすび」

「おお、あれもええなぁ」

せっせとおむすびをむすぶ将臣をよそに、焼きおむすびの話題で盛り上がる。

「せっかく焼きおむすびを作るなら、焼きおむすびのお茶漬けもいいですよね！」

「ああ、ええなぁ！　白だしと三つ葉で！」

「昆布だしにほぐし焼鮭に胡麻もいいわねぇ！」

江原夫妻がうんうんと頷いて、それから将臣にキラキラとした視線を送る。

「いや……そんな期待に満ち満ちた目で見られても……」

将臣はミニ七輪で海苔を炙りながら、肩をすくめた。

「焼きおむすびは、通常のおむすびに加えて一手間も二手間もかかりますからね……。今は、とてもじゃないけれどそこまで手が回りませんよ……」

「いや、今までは一人でやっとったからそうかもしれんけど、美優ちゃんと二人体制になったんやし、美優ちゃんが仕事に慣れたらイケるんちゃうん？」

「っ……」

その言葉で、なぜ将臣がせっかくのお客さまからの要望に微妙な表情をしていたかに気づく。

（そっか……。ここに来て、今日で十日目。将臣くんが切った期限まで、残り四日……。それが過ぎたら、私は東京に帰るから……）

だから、頷くことはできない。

今後も将臣は一人だから――一人でこなせる仕事量以上のことは請け負えないのだ。

（あれ……？　私……）

思わず、額に手を当てる。

あと四日なのに、東京に帰ることを全然考えていなかった。

いつからだろう？　なんだかずっとこのままここにいるような気でいた――。

「いやいや、人が増えるたびに新しいことをはじめていたら、いつまで経ってもラクにならないじゃないですか」

言葉を失った美優に気づいたのか、将臣がそっと話をずらす。

これ以上、将臣と美優――二人の未来について触れられないようにだろう。

「…………」

それに気づいて、美優はぐっと拳を握った。

将臣の優しさであり、気遣いだ。――わかっている。

それでも――なぜだろう？　胸が痛んだ。

「は？　なんや、ラクしようと思っとるん？　無理無理無理。『満福亭』はこれからもっと人気が上がってくからな。人を増やしても、どんどん忙しくなってくわ」

そんな美優をよそに、江原は将臣をまっすぐ見つめてニカッと笑った。

「なんてったって、ここに来た客はみんな幸せになるんやからな」

「っ……」

江原の力強い言葉に、美優も将臣も目を見開く。

（ああ……）

そのとおりだ。

まったくもって、そのとおりだった。

「敵わないなぁ……」

ここまで言われて、嬉しくないわけがない。

将臣は参ったとばかりに首を横に振って――破顔した。

「試作を重ねてみて、納得いくものができたら、考えてみますよ」

「おお！　楽しみにしとるで！」

江原がやったとばかりに手を叩く。そして夫婦で顔を見合わせ、なんとも嬉しそうに笑った。

その仲睦まじい様子に、さらに胸が痛む。

美優は奥歯を噛み締め、胸もとをつかんだ。

（そのころ、私はここにいないんだ……）

対外的には婚約を解消したことになるのだから、まるで何ごともなかったかのように客として再訪することは難しいだろう。そもそも、東京と西宮の距離だ。

（将臣くんと会うことはできたとしても、江原さんや和代さん、荒川さんたちとはもうこんなふうに話せなくなっちゃうんだ……）

どうしよう。美優は片手で口元を覆った。

それを考えるだけで——ひどく苦しい。

「はい、お待たせいたしました。おむすび六つに玉子焼き一本ですね」

紙袋を手に、将臣が傍にやってくる。

そのとき、だった。

「将臣！」

甲高い声とともに、引き戸が勢いよく開く。

声の主は——女性だった。

太めのアイラインを入れた双眸は、将臣と同じチョコレート色。キリリとした細眉にまっすぐ通った鼻筋。鮮やかな赤いルージュ。そして、綺麗に巻いたピンクブラウンのロングヘア。化粧は濃い目だが、かなりの美人だった。

その女性は、真っ白のAラインスプリングコートを翻し、ヒールの音高らかに中へと入ってきて、ジロリと美優をにらみつけた。

「アンタね？　将臣の金を狙う女は」

「え……？」

「姉さん！　お客さまのご迷惑になるようなことは控えてくれる？　営業中だよ」

驚いて目を丸くした瞬間、将臣が慌てた様子で言う。

瞬間、女性が「いつまでこんなお金にならない店やってんのよ……！」と吐き捨て、なるほどと納得する。

この人が、将臣の姉――『満福亭』の存続を脅かしている存在だ。

「……将坊、じゃあ俺らはもう行くな」

「美優さん、お会計をしていただける？」

「は、はい」

江原が紙袋を受け取り、奥さんが財布を取り出す。

「申し訳ありません……。いつもありがとうございます」

将臣が本当に申し訳なさそうに頭を下げる。

「大丈夫大丈夫」と手を振る江原夫妻とともに、美優は表に出た。

「ありがとうございました」

深々と頭を下げると、江原が苦虫を噛み潰したような顔をしてガラス戸を見る。

「……会うのは二度目やな。本当に、難儀なこっちゃで。美優ちゃん、大丈夫か？」

その言葉で、江原がまったく事情を知らないというわけでもないことを知る。

「はい、もちろん。将臣さんと一緒になる以上、避けて通ることはできませんから」

美優は大きく頷いて、「負けませんよ」と拳を握った。

自分は、このためにここにいたのだから。

夫妻を見送って——美優は深呼吸を一つして気持ちを整えると、ガラス戸を開けた。

「今まで言い寄ってくる女にはいっさい見向きもしてなかったじゃない。それなのに、急に婚約したなんて……。いったいどうしたのよ？」

中に戻ると、将臣の姉はカウンター席に足を組んで座っていた。

「今までがそうだったからって、これからもそうとは限らないだろ？」

カウンターの中で作業をしながら、将臣がそっけなく答える。

「は？　そんなこと言って……。私、ちゃんと知ってんのよ。ズルズルとみっともなく引きずってた初恋はどうしたのよ？」

「姉さん！」

（初恋……？）

なぜだか、ズキンと胸が痛む。

でも――それは今は関係ない。美優はお腹に力を込めると、将臣の姉の前に進み出た。

「――はじめまして。将臣さんとお付き合いさせていただいております。高井田美優と申します」

「フン……！」

深々と頭を下げるも、将臣の姉は再びジロリと美優をにらみつけた。

「うまく取り入ったじゃないの。この店を利用するだなんて」

「姉さん！」

将臣が苛立たしげに叫ぶ。

それを手で制して、美優はにっこりと笑った。

「そうですね。私、この店が大好きなので」

「は？　良い子ぶってんじゃないわよ。はっきり言ったら？　どうせアンタも、将臣の金が目当てなんでしょ？」

「一緒にしないでもらえますか？　私は正真正銘の〝良い子〟なんで」

昔からずっとそう言われてきた。〝良い子〟だと。都合の〝良い子〟だと。

何を言ってるんだとばかりに、将臣の姉が眉を寄せる。

「昔から散々『良い子』だ『偽善者』だって言われてきましたから。その点では、私、筋金入りです」

美優は将臣の姉をまっすぐ見つめて、きっぱりと言った。

「私が惹かれたのは、『満福亭』でとても幸せそうにお客さまに寄り添う将臣さんです。凄腕の投資家の将臣さんじゃありません」

嘘は苦手だが、ある意味嘘ではないから、スラスラと言葉が出てくる。

美優が守りたいのは、『満福亭』でとても幸せそうにお客さまに寄り添う将臣だから。

人に意見するのも苦手だが——。

(将臣くんのお姉さんの、そしてお母さんの、脅威にならないと……！)

その思いが、力になる。

美優はぐっと両の拳を握り固めた。

「その証拠に、私は投資家としての将臣さんのことはほとんど知りません。情報収集や、その集めた情報から予測を立てることが得意なこと、そしてかなり稼いでいることは、将臣さんの自己申告で知っていますが、それだけです」

「それで充分でしょう！　金を持ってることはわかるんだから！」

「そうですか？　証拠も何も示してもらってないんですよ？　お義姉さんは信じます？　普段から高級な時計やブランドものの服やアクセサリーを身に着けているわけでもない、車も所有していない、デートでも高級なレストランに行くことはない、飲食店の雇われ店長をしてる若い男性が、『俺、実は超やり手の資産家なんだ』って言って？」

「っ……それは……」

将臣の姉が、グッと言葉を詰まらせる。

「本当にそうであっても、見栄を張って背伸びをしているだけであっても関係ないから、確認をしていません。知らないままにしています」

「そ、そんなのわからないじゃない！　将臣本人に確認していないだけで、財産調査の方法なんていくらでもあるんだから！」

将臣の姉が勢いよく立ち上がって、叫ぶ。

（この人は……！）

無性に腹が立ってくる。

自分が、財産目当てと侮られているからではない。

将臣には財産しか魅力がないと言わんばかりの態度が——許せない！

だが、ここで将臣の魅力は財産だけではないと訴えることに意味はない。

それでは――美優が将臣の母や姉の脅威にはなれない。

あくまでも、〝自分はあなたたちとは違う〟という態度を貫かなくては。

「自分が将臣さんの財産に執着しているからって他人もそうだなんて、考えないほうがいいですよ」

無理やり笑みを浮かべてそう言うと、将臣の姉がカッと顔を赤らめる。

「なん……ですって？」

「聞こえませんでしたか？　なんでも自分を基準に考えないでくださいと言いました。誰もがお義姉さんやお義母さんのようなお金で人を判断するような人間だと思わないでください」

「失礼な……！　私は……」

「『満福亭』を大切にしている将臣さんが資産家であっても私の想いは変わりませんが、将臣さんがたとえ億万長者であっても、この『満福亭』をないがしろにするのであれば、そんな彼に用などありません」

将臣の姉の言を遮って、はっきりと言い切る。

「繰り返しますが、私はお義姉さんやお義母さんとは違います」

「は……」

将臣の姉が美優に近づく。

「昔から散々『良い子』だ『偽善者』だって言われてきた？　ええ、そうでしょうね。ものすごくよくわかるわ」

そして美優を上から見下ろし、その胸もとをトンと人差し指で突《つ》いた。

「アンタ——めちゃくちゃ癇に障るわ」

「…………」

それも、散々言われてきた。

でも、この人に嫌われることを——恐れたりしない。

美優は挑むように将臣の姉を見上げた。

「それは、ご自身の醜さを思い知るからですか？」

「なんですって？」

「普通、弟が結婚して別に家庭を持ったところで、血の繋がった自分たちが——家族がないがしろにされたり、ましてや見捨てられるかもしれないなんて考えもしませんよ。どうしてそんなふうに思うんですか？」

将臣の姉が再び言葉を詰まらせる。

「か、勝手に人の気持ちを代弁しないでよ！　そんなふうに思ってなんか……」

「じゃあ、どうして怒鳴り込んできたりしたんですか？　私と結婚しても、将臣さんとお義姉さんやお義母さんの関係が変わることはないと思っているなら」

「そ、それは……」

「自分が醜い行いを――ないがしろにされたり、見捨てられても仕方ないようなことを、散々将臣さんにしてきた自覚があるから、怖いんでしょう？」

「っ……」

将臣の姉が顔を歪め、美優の肩をつかむ。

「アンタ、いい加減に……！」

「ちょっと！　姉さん！」

将臣が慌てた様子で声を上げる。

それを目で制して、美優はさらに言い放った。

「そんな醜い自分たちじゃ、〝良い子〟の私には勝てませんものね。イラ立つ気持ちはわかりますよ」

「この……！」

将臣の姉が手を振り上げる。

ギュッと目をつむって奥歯を噛み締めた瞬間、左頬に衝撃。

足を踏ん張って準備をしていたものの、それでもよろめいてカウンターにぶつかってしまう。

「美優ちゃん！」

将臣がカウンターから駆け出してくる。

美優はカウンターにぶつけて痛むわき腹を押さえて、将臣の姉をにらみつけた。

「弟が変な女に引っ掛からないか心配して、何が悪いのよ！　私は姉よ！」

「だったら、『将臣を狙う女』って言いなさいよ！　『将臣の金を狙う女』じゃなく！　その時点で語るに落ちてるって気づきなさい！」

「っ……！」

将臣の姉が言葉を飲み込む。

駆け寄ってきた将臣を押しやって、美優はさらにたたみかけた。

「将臣さんの幸せは、『満福亭《ここ》』にあります！」

『満福亭』を愛する常連たちのために。

そして誰よりも――将臣のために。

「私は全力で、ここを守ってみせます！」

そのための、ニセモノの婚約者。

(今度こそ本当の意味で、私は彼のヒーローになってみせる……！)

美優の剣幕に、将臣の姉が言葉を失い――気まずそうに視線を彷徨わせる。

「美優ちゃん……」

将臣が今にも泣き出しそうに顔を歪めて、そっと美優の頬に触れた。

「大丈夫？　ごめんね……」

「……！　ま、将臣……！」

そんな将臣に、将臣の姉が慌てたように縋りつく。

「そ、そうじゃないの！　私は……ただ……！」

将臣の腕をつかんだ手が震えている。美優は内心ホッと安堵の息をついた。

どうやら――しっかりと危機感を覚えてくれたらしい。

「……大丈夫。姉さんも母さんも、僕のお金が大好きなことはよく理解してるよ」

「そ、そうじゃないったら！　当然、将臣のことも大切に思ってるわよ？」

「……うん、そうだね」

将臣のことも。

将臣の姉は直情的というか――いい意味でも悪い意味でも――嘘が苦手なようだ。

(将臣くんに依存しているだけで、それほど悪い人ではないのかもしれないな……)

それでも、将臣を軽んじる言動は看過できるものではないけれど。

「僕も姉さんや母さんが大切だよ。だから、安心して。美優ちゃんと家庭を持っても、姉さんや母さんをないがしろにしたりしない。仕送り額も減らしたりしない。だから」

将臣は頷き、優しく姉の手を取って、悲しげに微笑んだ。

「僕が、好きな人と、好きな人生を歩むことを許してほしい――」

放置子だった彼が、搾取子となってまで求めた――家族の関心。

「自分の好きなようにさせてほしい」は、美優にとってはなんでもない言葉でしかない。

だが、将臣にとっては――おそらく身を切られるほどつらく、苦しく、また恐ろしいもののはずだ。

また、関心を持ってもらえなくなるのではと。

家族の中から、自分だけ締め出されてしまうのではないかと。

だからこそ、彼は今まで、自分の力で交渉することも突き放すこともできなかった。

こんな方法で姉と母に脅威を抱かせたのも――『満福亭』という自由を獲得しつつも、姉と母と疎遠になってしまうのは避けたいからだ。

(最初から将臣くんは、「交渉の切り札《カード》になってほしい」って言ってたもんね……)

自分の家族が、いわゆる毒と言われる部類の人間であることは百も承知のはずだ。
毒な関係は今すぐ断ち切るべきだと、誰もが言うだろう。
将臣自身、そうしたほうがいいことぐらいわかっているだろう。
それでも――彼は失くしたくないのだ。
（悲しい……ね……）
心から、願う。
今回のことで、将臣の姉が、母が、将臣への認識をあらためてくれるといい。
将臣の金ではなく、将臣自身を少しでも顧みてくれるといい。
少しずつでいい――これから良い方向に関係が変化していってくれたら。
毒だからと絶縁するだけが、正解じゃない。
自分も家族を失っているからこそ――思う。
一人は悲しい。
一人は寂しい。
一人は苦しい。
だからこそ、繋がりは――絆は、力になる。
それは、とても尊いことだから――。

「ま、将臣……」

「不安があるなら、ちゃんと話そう。ね？」

将臣がしっかりと姉の手を握る。

「美優ちゃん、このあとは……」

美優は笑顔で頷いた。

「うん、もうすぐオーダーストップの時間だし、私は外すよ。少し早いけど、閉店札もかけておくね。今日はいいでしょ？」

「うん、ありがとう……」

将臣がホッとした様子で微笑む。

美優は将臣の姉を見、深々と頭を下げた。

「失礼な物言いをしました。申し訳ありませんでした」

「…………」

将臣の姉が気まずそうに顔を歪めて、そっぽを向く。返事はもらえなかったものの、引っぱたいたことは悪いと思っているのだろう。

もう一度頭を下げて、二階に上がる。

客間に戻ってベッドに腰を下ろして――美優は両手に視線を落とした。

「……はは……」

ブルブルと震えている。

美優はぎゅうっと両手を握り合わせて、立ち上がった。

ひどく落ち着かない。心臓がドクドク高らかに脈打っている。

「そ、そうだ。今日のお夕飯は、焼きおむすびがいいな。『満福亭』の焼きおむすびは私はきっと食べられないし……」

定番のものは『満福亭』にあるけれど、粉チーズやウインナー、ドライトマトなど、そのほかにもいろいろと買って来よう。

「し、試作にもなるしね……」

美優は三角巾だけ取ると、スマホとICカードを持って外に出た。

「あ……」

涼やかな風が、髪を揺らす。

美優は唇を噛み締めると、足早に――駅とは反対方向に歩き出した。

買いものをするなら駅の方向へ行くべきだが、それよりまずは乱れに乱れた気持ちを落ち着けたかった。

（こ、怖かった……！）

あんなふうに怒鳴ったのは、はじめてだった。

(うまく怒らせることができたよね？　私、ちゃんと将臣くんのお母さんとお姉さんの脅威になれたよね？)

でも、ただ怒らせるためだけに怒鳴ったわけじゃない。彼女の言動には、本当に心の底から腹が立ったから。

(将臣くんの前で……よくもあんなふうに……彼を軽んじるなんて……)

どうしても許せなかった。

だからといって、まさか自分に、あんなふうに面と向かって煽り——攻撃することができるなんて。

自分で自分が信じられない。

(ちゃんと私……役目を果たせたよね……？)

面と向かってあからさまな敵意を向けられた恐怖と、将臣を軽んじる言動への怒り、はじめて人を煽り、さらには怒鳴りつけた興奮と気持ちの荒《すさ》み。そして、そんなことができた自分への驚き——。

神経がささくれ立ち、感情に収まりがつかず、どんどん震えがひどくなってゆく。

美優はガクガクと震える身体を強く抱き締めた。

（これで……『満福亭』を守れる……よね……？）

将臣の姉は話を聞いてくれそうな雰囲気に見えたし、あの様子なら将臣は望む結果を手に入れられるだろう。

（私……将臣くんのヒーローになれたよね……？）

それは喜ばしいことのはずなのに――どうしてだろう？　ボロッと涙が零れる。

「……っ……」

美優は両手で顔を覆い、その場にしゃがみ込んだ。

「……ふ、う……」

胸の内でぐちゃぐちゃに絡み合うさまざまな感情――。しかしそれを遥かに凌駕する強い思いが、美優を呑み込む。

次から次へと溢れる涙が手の平を濡らし、手首へ肘へと伝ってゆく。

「っ……おかしい……こん、なの……」

こんなのはおかしい。こんな涙は流すべきじゃない。今は笑うべきだ。喜ぶべきだ。将臣の未来のために。

わかっているけれど――止まらない。

（ああ……！　終わって……しまった……）

かりそめだけれど――それでも最高に幸せだった時間が、終わってしまった。

もう美優がここにいる理由はない。

それが――悲しくて、寂しくて、ひどく苦しい。

美優がずっとここにいるということは、イコール将臣の問題が解決していないことを意味する。それを考えれば、終わりは早ければ早いほどいい。

それでも、この時間がずっと続けばいいのにと思ってしまっていた。

そんなこと、望んではいけないのに！

「う、……ふ、く……」

将臣の未来、幸せよりも――自分の未来、幸せのことを考えて涙してしまう。

そんな自分への自己嫌悪に吐きそうになる。

ああ、本当に、自分はどこまで醜いのだろう。

将臣のおかげで少しだけ考え方を変えることができたけれど、やっぱり嫌いだ。

こんな自分は――大嫌いだ！

「ふ、う……あ……！」

衆目があることはわかっていたが、それでも堪え切れない嗚咽が喉から漏れてしまう。

美優は自分自身を抱く腕にさらなる力を込め、奥歯を噛み締めた。

「あの、君？　大丈夫？」

不意に、背後から声がする。美優はビクンと身を弾かせ、勢いよく振り返った。

「……！」

そこには、将臣とはタイプが違うものの——同じく人形のように整った顔立ちをした男性が立っており、わずかに心配そうに眉を寄せて、美優を見つめていた。

引き締まった精悍な頰。すっと通った鼻筋。キリリとした眉に、思慮深げながら鋭く、野性的な双眸。強い意志を感じさせる、しっかりと引き結ばれた薄い唇。

そんな——思わず息を呑むほどの美青年は、美優の制服に目を留めて、わずかに目を見開いた。

「……もしかして、新しく『満福亭』に来た人？」

「えっ……？」

再びビクッと身を弾かせた美優に、男性が「あ……。驚かせてすみません」と言って、すぐ後ろの建物を指で示した。

「俺、そこの『幸福堂』の諏訪です」

「え……？　あ……！」

慌ててそちらを見ると——たしかにヨーロッパ調の店舗兼住居があった。

蔦の絡まるアンティーク赤煉瓦の壁に、鱗形状の瓦を使用したデザイン性の高い屋根。繊細なエッチングガラス入りのヨーロッパアンティークドアは気品のあるアーチ形で、かつ観音開き。金色のノブには『Open』の札が。

扉の横には『サンドウィッチ専門店』と――その下にはおしゃれなカリグラフィで『Salle du Bonheur』『幸福堂』と書かれたレトロな真鍮製の看板がかかっている。

美優は慌てて涙を拭いながら立ち上がった。

「は、はい……！　高井田美優と申します……！　す、すみません、お店の前で……」

「……いや、謝ることじゃないよ。大丈夫？　中に入って休んでいく？」

「い、いえ！　だ、大丈夫です！　本当にすみません！」

美優はワタワタと両手を振った。

「そう？」

「はい、本当に失礼いたしました！」

深々と頭を下げると、男性――諏訪は「そっか。それならよかった」と言い、傍らの立て看板を持ち上げた。

「送るから、少し待ってて」

「えっ!?　だ、大丈夫です！　近くですし……」

再びブンブンと両手を振る。ついでに、首も。

諏訪は「うん、そうだね。近いけど」と頷いて、わずかに目を細めた。

「でももう暗いし、今の君は普通の状態じゃないように見えるし……。俺は心配性でね、ちゃんと家に帰っただろうか？　どこかで泣いていないだろうか？　なんて気になって眠れなくなっちゃうから、迷惑かもしれないけど送らせてもらえると嬉しい」

「う……」

美優のためではなく自分のためなんだと強調されてしまうと、断れない。

「じゃ、じゃあ……お願いします……」

「うん、ちょっと待ってて」

おずおずと頷くと、諏訪がそれだけ言って足早に店へ。

立て看板を中に入れつつ何やら奥へと声をかけ、ノブの札を『Closed』に裏返して、美優の傍へと戻ってくる。

「――お待たせ。行こうか」

「あ、は……はい……」

諏訪がゆったりと歩き出す。

その横に並んで――美優はチラリとその横顔を見上げた。

さっきから、表情がほとんど変わらない。感情が表に出ないタイプなのだろうか？

実は、感情を表に出さないタイプの人は苦手だ。相手が何を考えているかわからない不安感からいつもひどく委縮してしまう。そのうえ相手を不快にさせないため、相手に嫌われないために、必要以上にご機嫌を取ろうとしてしまう。

でも――なぜだろう？　諏訪のことは怖くない。不安も感じない。沈黙が嫌じゃない。

その瞳がたたえる光が、穏やかで静かだからだろうか？

「…………」

美優は少し考えると、諏訪の横顔を見つめた。

「あの……諏訪さん。幸せってなんだと思いますか？」

「え……？」

諏訪が少しだけ目を見開いて、美優を見る。

美優はアタフタと視線をそらして、俯いた。

「す、すみません……。突然の質問で驚かれるかと思いますが……。でも、たくさんの人を……お客さまを幸せにしている『幸福堂』のご主人だからこそ、幸せというものをどう捉えてらっしゃるのか知りたくて……。その、なんと言うか、私みたいな人間には、幸せってすごく難しいと言うか……縁遠いものに思えていて……」

ギュッと両手を握り合わせる。

震えは——止まっていた。

「幸せになりたいと思うんです……。でも、そう思うほど、それは決して私なんかには手に入らないもののようにも思えて……」

「…………」

諏訪が少し考え、「ちょっといいかな?」と公園脇の自販機を指差す。

「営業終わりで、喉が渇いてるんだ」

「あ、は……はい。どうぞ……」

諏訪がポケットから小銭入れを出して、温かいほうじ茶のペットボトルを二本買って、「少し話そうか」と公園内のベンチを示す。

「い、いいんですか?　まだ業務が残ってるんじゃ……」

「そんなに長話するわけじゃないから、大丈夫だよ」

諏訪が穏やかに言って、美優にほうじ茶を差し出す。

美優はそれを受け取ると、諏訪とともにベンチに座った。

ベンチの傍には、桜の木が。

もう花も終わりだ。風が吹くたびに薄紅がハラハラと散る。

「俺にとっての幸せは、大切な人たちの笑顔とともに在ること——かな」

諏訪はペットボトルを開けながらそう言って、美優を見た。

「大切な人たちの笑顔……」

「うん、そう」

諏訪がほうじ茶を飲んで、ほっと息をつく。

そして、街灯の明かりにぼんやりと浮かび上がる薄紅を見上げた。

「私なんか、か……。俺も、俺なんかって考えがちだったっけ。怒られるから、最近はそういう考え方はしなくなったけど」

「え……？　諏訪さんが、ですか？」

意外な言葉に、目を丸くする。たくさんの人を——客を幸せにしている諏訪が？

ぽかんとしていると、そんな美優を見つめて、諏訪は目を細めた。

「そう。俺は褒められた人間じゃないからね。それどころか、わりと最低な部類だ」

「えっ？　そんな……。そんなふうには……」

「いや、実はそうなんだ。だからこそ、俺にとっては、愛する人とともに過ごす毎日も、たくさんのお客さまが『幸福堂』に来て、素敵な笑顔を見せてくださることも、本当に奇跡的なことなんだ。間違いなく、それこそが俺にとっての幸せだよ」

まっすぐ前を見つめて、少しの迷いもなくきっぱりと言い切る。

諏訪の中で、それは決して揺るがない――確固たる思いのようだった。

「少なくとも俺は、明日も愛する人とともに在るために、たくさんのお客さまの笑顔を見るために頑張ってる」

その視線の先には――『幸福堂』。

諏訪がまっすぐに愛する人を見つめていることがわかる。

「いいですね……。すごく……素敵です……」

手の中のペットボトルのように、心がじんわりと温かくなる。

そんなふうに愛せたら――そして愛してもらえたら、それはたしかに幸せだろう。

「私もそう在れたら……。でも、私は好きな人と一緒にいたいと思っても、好きな人はそう思ってないってこともありますよね……？」

ずっと『満福亭』にいたい。将臣の傍にいたい。

でも、自分はニセモノの婚約者。これは、『満福亭』を守るための一時的な関係だ。

それなのに、この関係をホンモノにしたいと――このままずっと一緒にいたいなんて言われても、将臣だって困ってしまうだろう。

（将臣くんには、ちゃんと想う人がいるみたいだしね……）

つまり、将臣はかりそめの関係をホンモノにすることなど望んでいない。

「相手もそれを望んでいるならともかく、そうじゃないときに……私が我を通すことで相手を不幸にしてしまったらと思うと……怖くもあって……」

自分なんかが、誰かを幸せにできるとは思えない。

だから、自分なんかが一緒にいたら、将臣は幸せになれないんじゃないか。

そう思うから——自分の望みを伝えることすらできない。怖いのだ。

『満福亭』を守るお手伝いは、予想外にうまくできた。ヒーローにはなれたのだから、それでいいじゃないか。満足すべきだ。それ以上なんて望まず、綺麗に終わるべきだ。

将臣のことが好きなら。

将臣の幸せを願うなら。

下を向いてポツポツと語る美優を見て、諏訪が小さく首を傾げる。

そのまま少し逡巡すると、わずかに眉を寄せた。

「……もしも高井田さんが、誰かの幸せのために自分を犠牲にしようとしているのなら、もう少しよく考えたほうがいい」

予想だにしていなかった言葉に、思わず目を見開く。

美優は顔を上げて、諏訪をまじまじと見つめた。

「え……？　あ、の……？」

「いや、君の事情に首を突っ込む気はないよ。でも、今の言葉は少し気になって……」

そこで一度言葉を切ると、諏訪は再び『幸福堂』の方向をじっと見つめた。

「実は俺も、愛する人の未来のために身を引こうとして、結局その人をひどく傷つけて泣かせてしまった経験があるんだ」

「え？　そうなんですか？」

まさかの言葉に驚く。

諏訪は「恥ずかしながらね」と頷いて、小さく苦笑した。

「『良かれと思って』『相手のためを思って』なんて言っても、相手の想いも聞かずに一人で考えて一人で決めている時点で、やっぱりそれは独りよがりでしかなかったんだ。俺はがっつり叱られた。そのうえ陥落《おと》されたよね」

「おとされた？」

わけがわからず首を傾げると、諏訪はクスッと笑って頷いた。

「叱られたあとに逆プロポーズされたんだ。それに、俺は白旗を掲げたってわけ」

「ええっ？」

思わず、ペットボトルを取り落としてしまう。

（え？　え？　諏訪さんの独りよがりの考えや行動にひどく傷ついて、泣いたのに？

それに怒って、諏訪さんを責めたのに？　そのあとすぐに逆プロポーズ？）

　ちょっと何を言ってるのかわからない。

　あっけにとられる美優に、諏訪は「結局、俺よりも彼女のほうが勇気も漢気も覚悟も
あったってことだね」と笑った。

「俺が独りよがりの彼女の幸せを考える間、彼女は二人で幸せになる方法を考えていた。

俺はとことん自分に自信がないからね、どこまでも後ろ向きだったんだ。だけど彼女は、
そんな俺と幸せになるために、常に前向きだった」

「っ……」

「だから俺も、それ以来、俺なんかって考え方はしないように心がけるようになった。

それは、俺を選んでくれた彼女自身をも軽視し、侮辱することにも繋がるから」

　その言葉に、胸が熱くなる。

　ああ、そのとおりだ。そこまで愛してもらっておきながら自分を卑下するなんて――

それは愛してくれた人を、その想いを軽視し、侮辱するのとなんら変わらない。

「すごいです……！　諏訪さんの愛する人は、とてもかっこいい人ですね」

「うん、俺にはもったいないぐらいにね」

諏訪が頷いて、あらためて美優を見つめる。

「だから、何があったのかは知らないけど……一人で考えないで、一人で泣いてないで、ちゃんと相手と話し合ったほうがいい。ソースは俺」

「一人で考えて、一人で決めていたら、結局一人よがりになるから……ですね？」

「そう」

諏訪が手を伸ばしてペットボトルを拾い、美優の目の前に差し出して微笑む。

「お節介してゴメンね。口うるさかったと思うけど……」

「いえ、とんでもないです」

美優は首を横に振って、ペットボトルを受け取って頭を下げた。

「ありがとうございます。すごく、参考になりました」

常連から話を聞いていただけで初対面の美優に、自分の過去のやらかしを曝してまでアドバイスしてくれたのだ。口うるさいだなんて思うわけがない。心からありがたいと思う。

（温かい人だな……）

そして、まっすぐで誠実な人だ。

そんな諏訪だからこそ、まっすぐに愛してもらえたのだろう。

(そういえば、私……結局修人さんとも話し合ってない……)

話し合うことなく、終わってしまった。

噂話なんていい加減なものだと知っていたはずなのに、それを鵜呑みにして、真実を確かめることもなく、ただ逃げた。

修人から連絡がなかったのはたしかだが、美優のほうも、傷つくのを恐れて積極的に向き合おうとはしていなかった。

自分から連絡して真実を聞こうなんて、話し合おうなんて――思いもしなかった。

(逃げて……怯えて……縮こまっているだけは……もうやめなきゃ……)

変わらないといけない。

成長しないといけない。

将臣の傍にいたいなら。

将臣とともに幸せになりたいなら。

(ああ、そうだ……。私もどこまでも後ろ向きだった……)

俯いて、後ろを向いて――幸せなんて手に入れられるわけがない。

まっすぐに前を見つめて、しっかりと望む未来を見定めて、全力で手を伸ばしてこそ、手に入れられるものだろう。

そう考えると――自分は、幸せになりたいなどと言いながら、幸せからも目を背けて逃げていたのだとわかる。

「っ……」

本当に、どこまで自分は情けないのだろう。

美優は両手で顔を覆って、奥歯を噛み締めた。

「本当に……ありがとうございます……！」

絞り出すように言った――そのときだった。

「美優ちゃん！」

不意に、あたりに将臣の声が響く。

美優はビクッと肩を震わせて顔を上げた。

「え……？　あ……！　ま、将臣くん……？」

公園に駆け込んでくる将臣の姿を認めて、思わず立ち上がる。

「どう……」

「何やってんだ！　アンタ！」

「どうしたの？」と言いかけた美優の手を引っ張って自分の背後へと押し込みながら、

将臣が怒鳴る。

「人の女を泣かせてんなよ！」

「え……」

諏訪がわずかに目を見開く。

美優もギョッとして、慌てて将臣の制服を引っ張った。

「ま、将臣くん？　違うの！」

「何が！」

怒っているのか、興奮しているのか、将臣が美優にまで叫ぶ。

その勢いに反射的に身を竦めたものの、それでも美優は激しく首を横に振った。

「ち、違うの！　泣かされたりしてない！　諏訪さんは泣いている私を心配して、話を聞いてくださっただけだよ！」

「っ……」

美優の言葉に、将臣がギリッと奥歯を噛み締める。

そして、小さく「なんで……」と言うと、美優の手首をつかんで身を翻した。

「えっ!?　ちょ……！　将臣くん!?」

そのまま、諏訪に背を向けて足早に歩き出す。

「ま、待って！　待ってよ！」

（す、諏訪さんに謝らないの⁉　誤解して、怒鳴りつけたのに⁉）

将臣らしくない。いったいどうしてしまったというのだろう？

グイグイと引っ張って行かれながらも、なんとか諏訪を振り返る。

「す、諏訪さん！　申し訳ないです！　謝罪はまた……！」

諏訪はまったく表情を変えることなく、大丈夫だと言わんばかりに手を振ってくれる。

狭い公園だ。そうこうしているうちに敷地内から引きずり出されてしまう。

美優はもう一度諏訪に頭を下げて――『満福亭』の方向へと歩いてゆく将臣を見た。

「ねぇ？　将臣くん⁉　何⁉　どうしたの⁉」

しかし、将臣は答えてくれなかった。黙ったままひどい速足で歩き続ける。

（え……？　な、何？　わけがわからないんだけど……）

いったいどうしたのだろう？　いつもなら美優の歩調に合わせて歩いてくれるのに、今は小走りでもついていくのがやっとだ。

美優の言葉に答えてくれないなんてことも、今までなかったのに。

「あ、あの、将臣くん⁉　なんで怒ってるの⁉　ねぇ？」

もう一度訊くも、やっぱり答えてくれない。

態度から怒っているとしか思えないが、怒らせるようなことをした覚えはない。

（ど、どうしよう……？）

サーッと血の気が引いてゆく。

どうしたら機嫌を直してくれるだろう？

（あ、謝るべき……？）

でも、いったい何について謝ればいいかわからない。

「お、お姉さんは？　話はできたの？」

不安に視線を彷徨わせながらそう言うと、瞬間将臣がピタリと足を止める。

美優は勢い余って将臣の背中に顔をぶつけてしまい、引っ張られていないほうの手で鼻を押さえた。

「ご、ごめ……」

「──明日、話すことになったよ。明日は定休日だから。朝から、母も一緒にね」

将臣がポツリと呟く。美優はホッと息をついた。──よかった！　話してくれた。

「そ、そう……。それはよかっ……」

「ねぇ、泣いてたって、なんで？」

美優の言葉を遮って、将臣が振り返る。

「何かあったの？」

美優をまっすぐ射貫《いぬ》くチョコレート色の双眸――。その思いがけない鋭さに、美優は息を呑んだ。

「そ、それは……」

さすがに、将臣と離れるのが嫌で泣いたとは言いづらい。

(ど、どうしよう……)

ここに――将臣の傍にいたいなら、その想いをきちんと言葉にして伝えるべきなのはわかっている。諏訪に言われたばかりだ。

でも、あまりにも急すぎる。心の準備がまったくできていない。

美優は「え……ええと……」と目を泳がせた。

「と、東京に帰るときが来たんだって思ったら……その……」

「っ……！」

瞬間、将臣が顔を歪めて、美優の手首をつかむ手にギリッと力を込めた。

「痛っ……」

「どうして美優ちゃんはそうなんだよ！」

痛みに思わず顔をしかめた瞬間、怒鳴りつけられる。

美優は反射的に首をすくめた。

「え……？　な、何……？」

驚く美優の手を放し、代わりに両肩をつかんで、将臣がさらに言い募る。

「どうして一人で泣くんだよ！　僕がいるのに！」

「え？　そ、それは……」

「それで僕以外のヤツに慰めてもらうなんて……なんでだよ!?　美優ちゃんの婚約者は僕じゃないの!?」

なぜ怒られているのか、怒鳴られているのか、まったくわからない。

ただただポカンとしていると、将臣が悔しげに奥歯を噛み締めた。

「そりゃ……今はかりそめの関係だけど……」

美優の肩をつかむ手に、さらなる力がこもる。

「っ……」

「それでも……おかしいだろ……」

将臣が俯いて——苦しげに唸る。

それはたしかに、そのとおりだった。

「そ、そうだね……。ゴメン……。かりそめでも、今は婚約者を名乗ってるわけだから、夜に将臣くん以外の人と二人でいるのは、将臣くんの立場が……」

いや、将臣だけじゃない。考えてみれば、諏訪が諏訪の愛する人に誤解されてしまう危険性だってあったのだ。

(ああ、もう……どうして私は……)

こうも浅はかなんだろう?

美優は慌てて頭を下げた。

「ご、ごめんなさい……。私……そこまで考えてなくて……」

「そんなことを言ってるんじゃないよ!」

しかし、またも怒鳴られてしまう。

美優は再び身を竦めた。

「ご、ごめ……」

「謝ってほしいんじゃない! そうじゃなくて……!」

将臣は吐き捨てるようにそう言って、美優の肩に額をぶつけた。

「言ってよ……! 頼ってよ……! なんだってしてあげるのに……!」

将臣の声が震える。

いや、声だけじゃない。美優の肩をつかむ両手も、はっきりと震えていた。

「なんで……僕じゃ駄目なんだよ……」

「将臣くん……？」

「なんで……君を弄んだ最低野郎のことなんかを想って泣くんだよ……」

いつもとは違う将臣の様子に戸惑って、どうしたものかとオロオロしていた美優は、その言葉に目を丸くした。

「え……？　ま、将臣くん……私は……」

修人を想って泣いたなどとは、一言も言っていない。

「東京に帰るときが来たんだって思ったら」を、そんなふうに受け取られるなんて。

「あ、あの、将臣くん……」

「っ……ゴメン」

慌てて訂正しようとしたものの、しかし将臣はその言葉を遮って、美優から離れた。

そして、そのまま美優に背を向ける。

「姉と話したからかな？　ちょっと精神状態が普通じゃないみたいだ」

「ま、将臣くん……」

「帰ろう。そのあとは、ちょっと一人になりたい……。いいかな？」

それが将臣の様子がおかしい理由でも、怒鳴った理由ではないだろう。あからさまな言い訳に思えたけれど、しかしそう言われたら頷かないわけにはいかない。

「う、うん……」

「……ありがとう。ゴメンね」

将臣が歩き出す。今度は、いつものように美優に合わせてゆったりと。

「…………」

少しだけ、ホッとする。

けれど、『満福亭』に着くまで、彼は一度も口を開くことはなく――。

そして一度も、美優を振り返ることもなかった。

五品目

‖梅干しと、あなたと、巡る季節‖

Nishikita Manpukutei

翌朝――。起きたときには、家にも店にも将臣の姿はなかった。

しんと静まり返ったダイニングには、一枚の書き置き。

それには、「昨日は取り乱してゴメン。用事を済ませてから話し合いに行ってくるよ。十九時ごろには帰れると思う。そのあと、あらためて謝罪させて」と書かれていた。

「まさか、七時過ぎにもういないとは思わなかったな……」

一目だけでも会いたかったのに。

ため息をつきながら、書き置きの続きを読む。

「追伸・よかったら、冷蔵庫の中の梅干しを食べてくれると嬉しい」

「え……？　梅干し……？」

美優は書き置きをダイニングテーブルに置いて、キッチンへ。言われるまま冷蔵庫を開けた。

「わ……!?　ええっ!?　こ、こんなに……？」

中には、スーパーの売り場以上に多種多彩な梅干しが入っていた。はちみつ梅だけでいったい何種類あるのだろう？　市販のものに加えて、あきらかに業務用の木製の樽やプラスチックの樽に入った梅干し、さらには「試食用サンプル」と書かれた個別包装のものもある。

そういえば、『満福亭』のメニューに『梅』はなかった。梅肉を使う『梅くらげ』や、『おかか梅』『梅豚』はあるけれど。

「ついに、梅をメニューに加えるつもりなのかな？」

そのために、試食を進めているということなのだろうか？

そんなことを考えつつ、ふと目についた『まろやか蜂蜜梅』を食べてみる。

「んー……」

しっかり味わって、上を仰ぐ。

甘くて、名前のとおりまろやか。酸味はかなり抑えられている。これなら、梅干しが苦手な人でも食べられそうだ。

「でも、おむすびには甘すぎる……かも？」

もう一つ――今度は酸味と塩味が強そうな『ヒマラヤ岩塩を使ったしそ梅』を選んで食べてみる。

「あれ？　意外……」

『まろやか蜂蜜梅』よりは塩味も酸味も強いが、まだ甘味のほうがずっと強い。

「このぐらいのほうが万人受けはするのかなぁ……？」

美優としては、もう少し甘味が少ないもののほうが好きだけれど。

「ご飯と一緒に食べてみたら、また印象が変わるかな？　『満福亭』のための試食なら、ご飯との相性が一番重要になってくるから……」

そう呟きながら炊飯用の土鍋が入っている戸棚へと視線を向けると、そこに置かれた小さな置時計が目に入る。美優は慌てて冷蔵庫のドアを閉めた。

「そ、そうだ……！　こんなことしてる場合じゃない……！」

急いで部屋へと戻り、着替えを持って洗面所に駆け込む。

素早くシャワーを浴び、そのままバタバタと身支度を整えて、慌ただしく家を出る。

「ええと……十三時に東京に到着するには、九時四十五分発の大阪梅田行に乗らなきゃいけないから……」

ゆっくりはしていられない。スマホをバッグにしまって、駅とは反対方向に走り出す。

ＳＮＳによれば、『幸福堂』は『満福亭』と同じく木曜定休。しかし、今週の休みは金曜日に移動しており、今日は営業しているとのこと。

（九時開店だから……今は開店前の忙しい時間帯だよね……）

そんな時間に訪問するのは非常識だ。わかっている。

でもやっぱりどう考えても、謝りに行けるのはこのタイミングしかない。

申し訳ないと思いつつ、あのまま放置することのほうがいけないと思うから。

『幸福堂』へ行くと、前の通りにはパンの焼ける良い匂いが漂っている。

美優は『Closed』の札が下がったアンティークドアの前に立つと、深呼吸を一つ――。

そして、コンコンコンと三回ノックをした。

そっと窓から中を覗くと、開店までまだ一時間以上あるにもかかわらず、もうすでに売り場の半分近く商品が並べられている。

商品を並べていた――チョコレート色のセミロングの髪をしっかりまとめ、小豆色のキャスケットを被った活発そうな女性が、ノックの音に誘われるようにこちらを見て、なぜだろう？　ギョッと目を見開いた。

ペコッと頭を下げると、ひどく慌てた様子でこちらに駆けてくる。

そしてドアを開けて飛び出して来るなり、両手で美優の肩をつかんで叫んだ。

「あなた……！　どうしてここにいるの⁉」

「え……？」

思いがけない反応に、きょとんとしてしまう。

「え、ええと……どうしてって……」

「何があったの⁉　もしかして、修人に何かされた⁉」

「ッ⁉」

女性の口から飛び出したまさかの名前に、今度は美優がギョッとする。

美優は息を呑み、まじまじと女性を見つめた。

「え……？　しゅ、修人さんのこと……どうして……」

呆然として呟いたとき、女性の背後のドアから「どうした？」と諏訪が顔を覗かせる。

「ああ、高井田さんか。おはよう」

「あ……！」

美優は慌てて姿勢を正すと、ガバッと腰を折り曲げるようにして頭を下げた。

「す、諏訪さん！　昨晩は本当に申し訳ありませんでした！」

「え？　なんで君が謝るの？」

「そ、それは……」

たしかに、謝罪するべきは怒鳴りつけた本人だろう。それはわかっているのだけれど。

モゴモゴと口ごもる美優の視線の先で、女性が驚いた様子で諏訪の袖を引っ張る。

「ま、待って！　悠人《はるひと》さん、この人のこと知ってるの!?」

「え？　昨日話しただろう？　最近、『満福亭』に来た人だよ。高井田美優さん」

「ええっ!?」

女性があっけにとられた様子で美優を見る。

「あ、あなたが!?」

「え……？　あ、あの……はい……」

いったいなぜそんな反応をされるのかわからず、若干不安を感じつつ首を縦に振ると、女性が少し安堵した様子で息をつく。

「じゃあ、修人に何かされてここに来たわけじゃないのね？」

「は、はい……。いや、ええと……ど、どうでしょう……？」

正直なところ、ここに来たことに修人が関わっていないわけではない。それどころか間違いなく彼が元凶だ。でも、ここに留まっていることとはまったく関係ない。それをどう説明すればいいだろう？　美優はオロオロと視線を彷徨わせながら俯いた。

そもそも、どうしてこの人はそんなに修人のことを気にしているのだろう？

いや、厳密には修人のことじゃない。美優のことをだ。美優が、修人から何かしらの被害を受けたのではないかと――。

（どうして……？）

美優は首を捻って――それからハッとして顔を上げた。

（う、嘘……！）

まさか――？

愕然とする美優に、女性が苦笑して頷く。

「気づいた？　うん、そう。修人の元カノ……かな」

「ッ……！　も、申し訳ありませんでした！」

美優は素早く後ろに下がると、勢いよく深々と頭を下げた。

「わ、私、とんでもないことを！」

春の淡い青空に、美優の声が響く。

「え……？　高井田さんが……？」

諏訪の驚いたような声が聞こえる。

美優はブルブル震えながら、ギュッと目をつむった。

「ほ、本当に！　なんてお詫びをしたらいいか！」

そんな美優に、女性は困った様子で「ああ、いや……ええと……」と言って、小さくため息をついた。

「あの、高井田さんだっけ？　とりあえず、顔を上げてくれるかな？　謝る必要なんてどこにもないからさ」

その信じられない言葉に、美優はさらに目を見開いて顔を上げた。

「は……!?　いや……そ、そんなわけ……」

「いや、だって……あなた、修人に彼女がいるって知らなかったんでしょ？」

美優は頷いた。

もちろん、知らなかった。知るわけがない。知ってたら、つきあったりしなかった。どれだけ心惹かれたとしても、絶対に。

「は、はい……知りませんでしたけど……。でも、知らなかったからいいってことにはならないと思います……。加害者は加害者です……」

「騙されていたのに、それはないよ。私は、私もあなたも等しく被害者だと思ってるよ。っていうか、あなたが加害者なら、私も加害者になると思う」

「え……？　ま、まさか、そんなことあるはずが……。どうしてあなたが……」

わけがわからないまま首を横に振ると、女性が再び苦笑した。

「私、藤島晶《ふじしまあきら》っていうの。もうすぐ諏訪晶になるけど」

「晶……さん……？」

「うん。ええと、美優ちゃんって呼んでもいいかな？」

「え……？　は、はい。晶さんさえ、よろしければ……」

晶が、自分にとんでもなくひどいことをした美優をそんなふうに親しげに呼ぶことに抵抗がないのであれば。でも、いいのだろうか？

戸惑いに視線を揺らしつつ頷くと、晶は「じゃあ、そう呼ばせてもらうね」と言って申し訳なさそうに目を伏せた。

「浮気は、私の気を引くため。あるいは、私を傷つけるためだったらしいんだよね……。修人本人の口から、そう聞いた。私にもっと構ってほしかったんだって……」

「え……？」

「修人の行いはもちろん最低だけど、そういった意味で私にも反省する点はあると思う。私は、ちゃんと修人と向き合えてなかった。少なくとも、彼はずっと不満を抱えていた。過去にばかり囚われず、きちんと向き合っていたら……もしかしたら……」

晶が苦しげに顔を歪めて、言葉を呑み込む。

「浮気なんてしなかったかもしれない」――それはさすがに口にできなかったのだろう。

美優に心惹かれたからではなく晶を振り向かせたいがため、晶を傷つけたいがためのつきあいだったとなれば、修人と美優が交わした想いが――二人の間で育まれた絆が、完全なるニセモノでしかなかったことを意味してしまうから。

美優にとって、これほどひどい話はないだろう。

「そう……だったんだ……」

美優は俯いて、ポツリと呟いた。

「本当にごめんなさい。気分悪いよね？　こんな話……」

晶がやりきれないといった様子で顔を歪める。

「だから、すごく気になってたんだ。修人と私の間の不和って言うか、ズレって言うか、すれ違いが原因のトラブルに巻き込んでしまったような形で……美優ちゃんには本当に申し訳ないことしたなって……」

そこまで言って言葉を切ると、晶は「あ～！」と叫びながら頭を抱えた。

「今のも、言い方おかしいよね？　本命彼女の傲慢のように聞こえるかもしれないけど、全然そんなつもりじゃないの。なんて言ったらいいんだろう？　どんなふうに言っても、修人が最悪な真似をしたことには変わりないんだけど……。その原因の一端は、私にもあるって話で……本当にゴメン！」

「そ、そんな……。晶さんが謝ることなんてないです。私は大丈夫です」

土下座でもしかねない勢いで謝る晶を慌ててなだめて——そんな自分に驚く。

繰り返すが、修人の美優に対する想いは、言葉は、どこまでもニセモノだったのだ。

美優にとって、これほどひどい話はないだろう。

それなのに——どうしてだろう？　少しも胸が痛まない。

少し前の美優なら、ひどくショックを受けて大泣きしていただろうに。

「ええと、修人はちゃんと美優ちゃんに謝ったのよね？　そういう説明はなかったの？　もし、美優ちゃんを傷つけないようにって裏事情まで話さず綺麗に終わらせてたなら、私、めちゃくちゃ余計なことを言ったんじゃ……」

不思議に思いながら胸を押さえていると、晶が気づかわしげにおずおずと言う。

「ああ、いえ……」

美優は大丈夫ですとばかりに苦笑して、首を横に振った。

「修人さんが浮気バレして本命の彼女に逃げられたらしいって噂が職場で広まったあと、とくに彼から連絡はなくて……。そのうえ、そのまま退職してしまったので、その……今は自然消滅状態って言うか……」

「「ええっ⁉」」

美優の言葉に、晶が――さらには諏訪まで、愕然とした様子で目を剝く。

「嘘でしょ⁉　修人、美優ちゃんになんの説明も謝罪もしてないの⁉」

「えっと……はい、何も……」

瞬間、諏訪が舌打ちし、ドンッと拳でアンティークドアを殴った。

「アイツ！　未だに年中無休でクズやってんのか！」

「え、ええ？」

周りからぼんくらと言われている穏やかな諏訪とは思えない言動に、目を丸くする。

「あ、あの……」

「……ゴメン。悠人さん、修人限定で口が悪くなるの。気にしないで」

「は、はぁ……」

晶がなだめるように諏訪の肩をポンポンと叩いて、苦しげに息をついた。

「長いことつらい思いをさせちゃってたんだね……。本当にごめんなさい……」

「いえ、晶さんが謝ることでは……。わ、私も真相を知るのが怖くて逃げてたところがあったので……その……修人さんだけが責められるのもおかしいかと……」

美優は慌ててブンブンと両手を振って――それからお腹の前で両手を握り合わせて、晶をまっすぐに見つめた。

「今日、これから話をしに行く予定なんです」

「え？　そうなの？」

「はい。もういいかげん、けじめをつけないとって……」

そう言う美優の揺るぎない視線に、晶が少しホッとしたように表情を緩める。

「そっか……。その前に寄ってくれたんだ？」

「は、はい。諏訪さんに昨日のお詫びをしないとって思って……」

諏訪に視線を移すと——まだ修人に怒っているのか、黙ってムスッとしていた諏訪が、小さく肩をすくめて目もとを穏やかにする。

「さっきも言ったけど、君が謝ることじゃないよ。そもそもお詫びをしてもらわなきゃいけないようなこともされてないし。むしろ少し愉快だったな」

「え？　愉快……ですか？」

「うん。だって、あんなふうにヤキモチを焼かれる経験ってそうそうないだろう？」

「や、ヤキモチ？」

思いがけない言葉に、パチパチと目を瞬く。

「ヤキモチ……だったんでしょうか……？」

「違うの？　俺にはそう見えたけど？　『人の女を』なんて言ってたし。少なくとも、あれほど取り乱した相馬さんを見たのははじめてだよ」

たしかに、そう言ってはいたけれど。でも、それは客の前で「婚約者です」と言うのと何も変わりがないのではないか。

そんなことを思っていると、晶が信じられないとばかりに眉を寄せる。

「って言うか、相馬さんって取り乱したりするの？　まったく想像つかないんだけど」

「俺もそうだったから、少し楽しかったんだよ」

「で、でも、私たちの関係は……婚約者だっていうのは……その……内緒なのですが、方便みたいなものでして……。おそらく、あまり意味はないんじゃないかと……」

そう言うと、晶と諏訪が目を見開く。

そのまま二人は顔を見合わせて――晶は悪戯を見つかった子供のように、でもとても幸せそうに、諏訪は穏やかに、そして同じくやっぱり幸せそうに笑った。

「婚約者って方便なの？　あはは、こんな偶然あるんだ？」

晶が笑いながら、「私、美優ちゃんとはなんか運命的なもの感じるな～」と言う。

「え……？　あの……」

「あ、ゴメンね？　笑ったりして。悪い意味じゃないよ。うちもそうだったから」

「え……？　そう……なんですか……？」

「そう。なりゆきでね。一時的に婚約したフリをしてたの。ね？」

晶が傍らの諏訪を見上げ、諏訪もまた穏やかに笑って頷く。

「うん、そう。そういう〝設定〟だからって、そこに〝想い〟がないとは限らないよ。なりゆきではじまった関係が本物になることなんて、いくらでもある。俺らも含めて」

そう言って、諏訪がポンポンと美優の頭を叩く。

「俺は、あのときの相馬さんが、設定を口にしたとは思わないな」

「そう……でしょうか……？」

将臣が、本気で美優を自分の女だと言ったのなら、これほど嬉しいことはない。

そうだったら、どんなにいいだろう。

（でも、まさか……）

美優は唇を噛み締め、その甘い考えを振り払った。

期待してはいけない。

そんなわけはないのだから。

そんな美優に、諏訪が少し考え、「そうだな……」と口を開いた。

「高井田さん、知ってる？　『満福亭』には定番中の定番であるはずの梅のおむすびがないんだ」

「え？　あ、はい。知ってます」

突然明後日の方向に飛んだ話に驚き、美優は顔を上げた。

「メニューに加える気はあるみたいですけど。今も、冷蔵庫に試食用の梅干しがすごくたくさん入ってて……」

「なんで今までなかったのか、知ってる？」

「え……？　いいえ……。納得する味がないからじゃないんですか？」

「それはそうなんだけどね。じゃあ相馬さんが納得する味ってどんなものだろう？」

「え……？　それは……」

美優は首を横に振った。知らないし、わからない。

「『満福亭』がオープンしてから、二年以上――オープン前の準備期間から考えたら、相当長いこと探していることになる。求めているのが〝美味しいもの〟ってだけなら、もうとっくに納得できる品に出会えていてもおかしくない。そう思わないか？」

「そ、それは……たしかに……」

「高畑さんが訊いたことがあるんだ。どうして梅がないのかって。相馬さんの答えは、高井田さんが言ったとおり。『納得する味のものがないから』だった。じゃあ、どんな味を求めているのかって訊いたら、『僕の思い出の味なんです』って。『それと同じか、限りなく近いものがほしいんです』って答えたんだって」

「思い出の味……？」

「そう。『満福亭』のメニューは彼の思い出の味が多いらしいんだ。たしかおむすびの具材ではくぎ煮、肉そぼろ、椎茸醤油バター、ぼっかけ。あとは、お味噌汁と玉子焼き、浅漬けもそうだったはず」

「あ……！」

たしかに——将臣はそう言っていた。

それらは、美優の母の味を目指したのだと。

（梅干しもだったの……？）

考えてみれば、美優の母は毎年梅干しを漬けていたし、父から経済的なDVを受けたときでさえ梅干しだけは必ずあったから、将臣がそれを食べた可能性はほかの何よりも高いだろう。

「そこまではうまくいったんだけど、梅干しだけは自力では再現できなくて、市販のものから近いものを探すことにしたらしいんだけど……まぁ、結果は高井田さんも知ってのとおりだ。未だに出会えていなくて、メニューに加えられていない」

諏訪はそこで言葉を切ると、美優を見つめて目を細めた。

「あとは、『満福亭』で『おにぎり』じゃなくて『おむすび』の呼称を使ってるのにも、ちゃんと理由があるって知ってた？」

「え……？」

「あ、それ、私も聞いた」

晶がうんうんと頷いて、人差し指をピンと立てた。

「一つ、『満福亭』では握らずに結んでいるから」

「握らず、結んでいる……？」

「うん、ギュッと握らないの。手でふんわり包み込んで、お米とお米を、お米と具材を、お米と海苔を結びつけるイメージなんだって。実際、そんな感じだよね」

「あ……たしかに……」

「あれ、私、最初に見たときはすごく驚いたんだ。手の中で軽～く二回三回転がしたらすぐに海苔を巻いちゃうだもん。え？　ちゃんと握った？　って思った」

「わ、私も思いました」

「ね？　思うよね？　だけど、それが美味しさの秘訣でもあるよね。口の中でほろっとほどけて……あー！　『満福亭』のおむすび、食べたくなってきたな～！」

晶が『満福亭』のおむすびの美味しさを反芻するように、両手で頬を包んで微笑む。

その隣で、諏訪が人差し指と中指を立てた。

「二つ、『満福亭』がたくさんのお客さまと縁を結べますようにという願いを込めて」

そして、さらに指を増やす。

「三つ、お客さまとお客さまが大切に想う人や家族との絆を結ぶ――あるいは結び直すきっかけとなってほしいという願いを込めて」

「……！　家族との……？」

「……相馬さんの家の機能不全は、昔からこのあたりでは有名な話だったそうだから、それもあるんだと思う」

「あ……」

そういえば、江原夫妻もある程度の事情は知っているようだった。

放置子だったころの将臣を思い出して、ズキンと胸が痛む。

美優は胸もとをつかむと、奥歯を噛み締めた。

「『満福亭』のおむすびで家族団らんの時間が生まれてくれたらってことですね……」

誰にも、自分のような思いはしてほしくないと――。

「あるいは、自分と同じ機能不全家庭で寂しい子供たちに温かい家庭の味というものを提供できたらって思ったんだと思うよ。実際、彼は『満福亭』をオープンさせたあと、定期的に『出張満福亭』っていう子供食堂的な活動を関西各地で行っているしね」

諏訪はそう言うと、三本立てた指の三本目を、もう片方の手の人差し指でトントンと叩いた。

「そして俺は、この三つ目の理由には相馬さんの個人的な願いも含まれていると思う」

「え……？」

「彼も願ってたんだと思う。大切に想う人と――もう一度絆を結びたいって」

瞬間、ドクンと心臓が大きな音を立てる。

将臣の姉の、「ズルズルとみっともなく引きずってた初恋はどうしたのよ？」という言葉が脳裏に響く。

「大切に想う人……ですか？　その、家族と……ではなくて……」

「ご家族とは、『満福亭』以外のもので繋がっていたはずだよ。何とは言わないけれど。そもそもご家族は『満福亭』に理解を示してなかったんだろう？　そう聞いているよ」

「あ……」

「そうじゃない。子供のころに食べた思い出の味を苦労して再現して、作り続けてまで結びたいと思った絆は、家族とのものじゃないよ」

きっぱりとそう言って、諏訪は穏やかに微笑んだ。

「高畑さんからその話を聞いたとき、俺にはピンときた。だって、同じだったから」

「同じ……？」

「うん、『幸福堂』のサンドウィッチもそうなんだよ。『幸福堂』を作った前店主が、最愛の妻と娘を想って焼いたパンに、幸せだったころの思い出を挟んで作り上げたものなんだ。妻と娘の幸せを願って。そしていつか、この想いが届くと信じて」

「――っ！」

その言葉に、頭の中が真っ白になる。

美優は思わず両手で口もとを覆った。

「これは、あくまで俺個人の考えだよ。相馬さんの想いを代弁するつもりなんてない。そんなことをしようものなら、社会的に抹殺されそうだしね。だけど高井田さんには、彼の『思い出の味』に心当たりがあるんだろう？」

「っ……それは……」

衝撃が大きかったからだろう。うまく言葉が出てこない。

そのまま黙った美優に、諏訪がさらに目を細める。

「わかるよ。わからないわけがない。あんなに取り乱した相馬さんははじめて見たって言ったろう？」

「っ……」

ドクドクと心臓が早鐘を打ち出す。

熱いものが胸の奥で暴れて――ドッと溢れ出してくる。

「そして――昨夜の高井田さんの涙も、相馬さんを想ってのものだったんだろう？」

美優はギュッと目をつむって、何度も大きく頷いた。

「っ……はい……」

将臣がくれたたくさんの言葉が、脳裏に響く。

「女の子にこんな言い方は変かもしれないけど、みゅーちゃんは僕のヒーローだったんだから」

「なんか、なんて言わないでよ。ヒーローだったたって言ったろ？」

「僕は美優ちゃんがいい」

「否定され続けたら、自信が持てなくなるのもわかる。でも、君の魅力に気がつかない可哀想な人たちの戯言なんか、後生大事に抱えていないでくれ」

「僕も、何度でも言うよ。『美優ちゃんは魅力的だ』って——」

「——美優ちゃん。お願いだから、これ以上自分を卑下しないで」

「誰がなんと言おうと、僕のヒーローは最高に素敵な人なんだから」

本当に、いったい何を見ていたのか、何を聞いていたのか——自分が嫌になる。

将臣は、何度も何度も言ってくれていたのに。

言葉を尽くしてくれていたのに。

(本当に……私は馬鹿だ……！)

将臣はこれほど自分を想ってくれていたのに。

「どうして一人で泣くんだよ！　僕がいるのに！」

美優は涙が溢れそうになるのをグッと堪えて、勢いよく頭を下げた。

「ありがとうございますっ……！　諏訪さんの意見……聞けてよかったです……！」

そして、まっすぐ諏訪を見つめる。

「きちんと終わらせてきます。そして、ちゃんと向き合わなきゃ……！」

もう逃げてなんていられない。

美優の力強い視線に、晶も諏訪も微笑んで――グッと拳を握って応援してくれる。

「頑張れ」

「頑張って」

「はい！　じゃあ……」

開店前の忙しい時間帯に時間を取らせてしまったことを謝ってお暇《いとま》しようとした瞬間、晶が「あ！　ねぇ！」と声を上げて、軽く美優の腕を引っ張った。

「朝ごはん食べてないでしょ？　うちのサンドウィッチ、持って行って！」

「え？」

「知ってる？　うちのサンドウィッチを食べると、幸せになれるんだよ！」

晶が「すぐ用意するから！」とお店に駆け込んでゆく。

そして、すぐさま小さなビニール袋を持って出てくると、笑顔でそれを差し出した。

「はい、これ」

「あ、ありがとうございます。あの、おいくらですか？　お金払います」

「いや、いいよ。お金なんていらない」

「え？　いや、そんなわけには……」

再びいらないと首を横に振って、晶は美優にビニール袋を押しつけた。

「その代わり、幸せになって」

「っ……晶さん……」

「たくさん傷ついて泣いた分、美優ちゃんにも幸せになってほしい」

美優ちゃん――にも。

その言葉に、心の底からホッとする。

美優が晶にしてしまったことが消えるわけじゃない。

それでも今――晶が不幸ではないことは、美優にとって大きな救いだった。

「晶さんは今、幸せなんですね」

美優がそう言うと、晶は弾けるように明るい笑顔を見せてくれる。

「うん！　最高に幸せ！」

「なによりです……！」

心からそう言って――美優は少し考え、諏訪にもした質問を口にした。
「晶さんにとって、幸せってなんですか？」
答えは、わかっていたけれど。
突然の質問に、晶は一瞬きょとんとしたものの、すぐに笑顔で答えた。
「大好きな人たちの笑顔とともに在ること――かな！」
「っ……」
諏訪とまったく同じ回答だった。それがなんだかとても嬉しくて、頬が緩んでしまう。
（ああ……！　なんて、素敵な人たち……！）
幸せになれるという『幸福堂』のサンドウィッチに、勇気をもらう。
頑張ろう。頑張らなきゃ。
幸せになりたいから。
逃げてばかりじゃ、何も進まない。
俯いてたら、大好きな人の笑顔なんて見られない。
後ろを向いてても、やっぱり見ることはできない。
どれだけ不安でも、怖くても、前を向いていないと。
そうじゃなきゃ、笑ってくれる大好きな人を抱き締めることなんてできない！

ビニール袋を握る手に、自然と力がこもる。

美優は笑顔で深々と頭を下げた。

「お忙しい時間帯に、ありがとうございました！　頑張ってきます！」

二人が頑張れとばかりに手を振ってくれる。

自分も、この二人のような素敵な関係を築きたい。

そして、胸を張って、自信をもって、「最高に幸せ！」と言えるようになりたい。

美優は駆け出した。

まっすぐ、前だけを見て。

◇＊◇

「つ、疲れた……」

電車を降りて、は～っと息をつく。

時刻はもうすでに二十二時になろうとしていた。

「やっと帰ってこれた……。遠いよ～……東京……」

疲労で身体が重い。それを引きずるようにして、ホームを進む。

ノロノロとスマホを取り出して、「今、ホームに着きました」とメッセージを送ると、途端に着信が。画面には『将臣』の文字。

美優はわたわたと液晶に指を滑らせた。

「は、はい！　将臣くん？」

『西宮北口駅に着いた？　今、どこ？』

ひどく切羽詰まったような声だった。

「え？　えっと、もうすぐ北改札口……」

『わかった。そこで待ってるから』

それだけ言って、通話が切れる。

荷物を抱え直して急いで北改札口に向かうと、たしかに改札の向こうに将臣の姿が。

美優を認めるなり、トロリとしたチョコレート色の双眸が揺れる。

「美優ちゃん……！」

改札を出た瞬間、駆け寄ってきた将臣がぎゅうっと美優を抱き締めた。

「え？　な、何？　ま、将臣くん？」

「よかった……！　戻ってきてくれた……！」

将臣がほーっと安堵の息をつく。

行き交う人々がなにごとかと将臣と美優をチラ見する。気恥ずかしさを感じながら、美優はそっと将臣の背中に手を回した。

「な、何か不安にさせちゃった？　でも私、ちょこちょこメッセージ入れてたよね？　東京に行くこともそうだし……」

「東京駅に到着しました」とか、「これから会社に行ってきます」とか、「話し合いが終わりました」とか、「今から新幹線に乗ります」とも、先々から報告していた。

美優がそう言うと、将臣は「そうだけど……」と息をついた。

「でも、あんなふうに理不尽に怒鳴ったりしたから……」

「それに怒ってたら、そもそも連絡なんかしないよ？　黙って帰る」

「うん……わかってるんだけど……ついね……」

将臣がため息をつきながら身を離す。

そして、ふと美優の手にある荷物を見た。会社で預かってもらっていた通勤バッグに、大きめのトートバッグ。さらに紙袋が二つ。一つは東京土産だ。東京あんぱん豆一豆《まめいちず》の『東京レンガぱん』と東京ばな奈ワールドの『東京ばな奈』だ。

「……結構な荷物だね。持つよ」

「あ、うん。ありがとう」

お言葉に甘えて、トートバッグと東京土産の紙袋を手渡した。

そして、将臣を促し、北東口のほうへと歩き出す。

「将臣くんのほうの話し合いはどうだった？」

「……うまくいったよ」

将臣が美優を見て、穏やかに微笑む。

「結婚を前提にしたつきあいをしている相手がいるのに黙ってたことなんかをチクチク言われたりもしたけど、最終的には『満福亭』を続けることを認めてもらえたよ」

「そうなんだ？　よかった……！」

将臣のことだからあまり心配はしていなかったが、それでもホッとする。

「まぁ、それなりにゴネはしたんだけどね？　『好きな人と、好きな人生を歩むことを許してほしい』ってあらためて言ったら、母は最初『家族を害悪みたいに言うな』って激昂したけど、根気よく話して、一つ一つ丁寧に誤解を解いたら、わかってもらえたよ。そりゃ、わかってもらえたと言っても、本当の意味で理解が得られたわけじゃないけど。僕が提示した条件で折り合いがついたって感じかな？」

「条件？」

「マンションの購入とか、毎月の仕送り額とか、そのほかいろいろ」

「あ……」

つまり、自由をお金で買ったということだ。

なんと言っていいやらわからず口ごもる美優に、将臣は「大丈夫だよ」と目を細めた。

「母や姉にとっての僕の価値はお金だけだけど、それだけに終始した取り決めじゃない。半年に一回ぐらいの頻度で家族で食事をするとか、そういったこともちゃんと入ってる。お金を払ってバイバイってわけじゃないよ」

「そうなの？」

「うん。でも、基本的には好きな人を優先する。好きな人は二人にはかかわらせない。連絡先はもちろん教えないし、僕の知らないところで好きな人に連絡を取らないこと。アポなしで僕と好きな人とのテリトリー――つまり自宅や『満福亭』には来ないこと。僕の好きな人、結婚、そのほかプライベートな件については絶対に口出ししないこと。そして『満福亭』についても今後一切口出しをしないことなんかを約束してもらった。ちゃんと書面でね」

「書面で？」

「うん、公正証書にする」

「ええっ？」

予想だにしていなかった言葉にびっくりして、目を丸くした。

公正証書とは、公証人が法律に従って作成する公文書のこと。

つまり将臣は、母や姉との取り決めをただの口約束では終わらせずに、きちんと法的効力のある契約として成立させたうえで誰もが認める証拠として残すと言っているのだ。

取り決めが破られたときに、すぐさま然るべき対処ができるように。

「そ、それ、お母さんとお姉さんは承諾したの？」

家族を信じられないのかと怒ったりしなかったのだろうか？

「うん、承諾してもらった。まぁ、すんなりってわけにはいかなかったけど」

それでも最終的に二人の同意を得られたのなら、結果としては充分だろう。

美優は再び安堵の息をついて、将臣に笑いかけた。

「うまくいってよかったね」

「そうだね。世間からすれば歪かもしれないけど、家族としての繋がりも保ったうえで、望む自由も手に入れた。満足いく結果だよ」

将臣が前を見つめて、実に晴れやかに笑う。

「ちょっと〝普通〟ではないかもしれないけどね。だけど、僕ら家族は、このくらいの距離感がいいんじゃないかなって思ってる」

少し冷たい春の夜風が、将臣のチョコレート色の髪を軽やかに揺らす。

将臣とともにゆったりと歩く――静かな住宅街。どこからかお出汁のいい香りがする。

この十日余りの間にすっかり見慣れた景色になった。

それが、嬉しい。

ここに帰ってきた日は、自分だけが仲間に入れてもらえずに取り残されているような寂しさを感じたのに。

美優は将臣を見上げて、にっこりと笑った。

「歪でもいいと思うよ。普通でなくてもいい。将臣くんも、お姉さんも、お母さんも、全員が納得できたのなら、それが一番だよ」

家族にもいろいろな形があっていい。

必ずしも〝普通〟である必要なんかない。

「普通イコール幸せではないんだから」

「そうだね」

将臣が頷いて、ジーンズのポケットから鍵を取り出す。

京町家ふうの和モダンな一軒家に――看板と呼ぶには小さい『おむすび　満福亭』と書かれた陶器製の表札に、トクンと心臓が跳ねる。

「ただいまー」

ガラガラと引き戸を開け、店の中に入る。

将臣が明かりをつけ、荷物をカウンターテーブルに置いて、美優を振り返った。

「お茶を淹れるよ。何がいい？　夕飯は？　食べた？」

「うん、新幹線の中で。あったかい玄米茶がいいな」

しっかりリクエストをして、荷物を下ろして上着を脱ぐ。

「美優ちゃんのほうは？　どうだったの？」

カウンターの内に入ってお茶の準備をしながら、将臣が心配そうに視線を揺らす。

「その、元カレに会ってきたんだよね……？」

「うん。ちゃんと別れ話をしてきたよ」

美優は頷いて、将臣の正面の席に腰を下ろした。

「私が療養休暇中なこと、修人さんの耳にも入ってたみたい。『別れてください』って言ったら、『地方で療養してるって聞いてたけど、わざわざ別れ話をするために東京に戻ってきたの？　真面目だなぁ』って言われたよ。『別れましょうのやり取りだけなら、メールでもメッセージでもいいのに。そもそも、そのやり取りすらする必要なくない？　誰がどう見ても自然消滅してたでしょ』だって」

「は……？」

その信じられない言葉に、将臣が固まる。

「え？　殴りたい。何それ？　本当にそう言ったの？　ありえないんだけど」

「うん。私が説明や弁解を求めることなく、一言も責めたり詰ったりすることもなく、ただ『別れてください』って言ったから。説明や弁解を聞くために、あるいは思う存分責めたり詰るために呼び出したんじゃないのかって。『そうしてもらうためにわざわざ時間作ったんだけど？』って」

「え？　美優ちゃんに詰られるために来たってこと？」

「そう言ってた。ひどいことをした自覚はあるから、煮るなり、焼くなり、殴るなり、私の気が済むようにしてもらおうって思ってたって。でも、私が何も求めなかったから拍子抜けしちゃって、『別れましょうのやり取りだけなら、メールでもメッセージでもいいのに』って発言に繋がったみたい」

将臣は急須や湯呑を用意しながら、顔をしかめた。

「きちんと償いをする気だったのは……まぁ、よしとして……だけど発言にかんしては看過できないな。百歩譲ってそう思うのはいいよ。だけど、それを口に出すなよ」

そう言って、ギリリと奥歯を噛み締める。

「めちゃくちゃ腹立つな……。社会的に抹殺してやりたい……。あ、最近起業したって言ってなかった？　よし、まずはその会社潰すか……」

よほど腹に据えかねたらしい。

美優はクスッと笑って、カウンターテーブルに頬杖をついた。

「私も『思ってても言う必要なくない？』ってちょっとムッとしたから、言ってあげたよ。『自己評価高いですねって。このためだけに東京に戻ってきたわけないじゃないですか。別れ話はついでです』って」

「は!?」

美優らしくない言葉に驚いて、将臣が玄米茶の茶葉が入った茶筒を取り落とす。

「み、美優ちゃんが？　ええっ!?」

「うん。修人さんも、今の将臣くんと同じようにポカンとしてたよ」

以前の〝良い子ちゃん〟の美優には、絶対に言えない言葉だったから。

「そのあと、笑ってた。『へぇ、言うようになったね。少し性格悪くなった？』って。『そのほうがいいよ』、『良い子ちゃん《コンプレックス》からの脱却、おめでとう』とも言ってくれたよ。あとは、『もう少し頑張って、次また俺みたいなひどいヤツとかかわることがあったら、今度は慰謝料ふんだくれるぐらいにはなろう。最低でも一発は殴りなよ』って」

白い湯気を吹き出しはじめたやかんを見つめて、目を細める。

「そのときの修人さんの笑顔は、今まで見た中で一番晴れやかだった」

言葉は悪いけれど、それはたしかにエールだった。

「それで——ああ、この男性《ヒト》はどこまでも自分に正直なんだって思った」

美優は唇を綻ばせて、将臣を見上げた。

「浮気は本命さんの気を引くためだったそうだよ。言われてみれば、思い当たることはたくさんある。でも、きっとすべてが嘘だったわけじゃない」

美優が恋をした修人も、たしかにいたのだ。

ホンモノの思いも、言葉も、たくさんあったのだ。

「なんで？　女の子で大人しくてお淑やかって、めちゃくちゃ美徳だと思うけど？」

かつて——彼がかけてくれた言葉。

「つい自分よりも誰かの気持ちを優先しちゃうのって、優しいからってのもあるんじゃないの？　そういうとこ、俺は大好きだけど？」

あれも間違いなく本心だったのだろう。

ただ、修人は美優に恋をしてはいなかった。

それだけのことなのだと思う。

「でも、償いをするつもりだったにしては、受付の子に言った言葉はひどくない？　本当に反省してたら、あんなこと言えるかな？」

「あの『高井田が彼女だったことなんてない』って言葉も、あえて言ったんだと思う。身勝手に傷つけてしまったからこそ、今はそれを反省しているからこそ、せめて誰もが『アイツが悪い！』って言うようにしようと――悪者であろうとしたんだと思うよ」

間違っても、他人から「高井田さんにも悪いところがあった」とか、「あんなふうじゃ、騙されても、捨てられても仕方がない」なんて言われないように。

「悪者であろうとしたのは、きっと私に対してもかな」

「美優ちゃんに対しても？」

「うん。身勝手に傷つけてしまったからこそ、そして今はそれを反省しているからこそ、謝罪も説明も弁解も一切しなかったんだと思う。とことんクズ――悪者であろうとした。失恋して苦しいときに『いいところもあった』とか『すべてが嘘じゃなかった』とか、そういう思いは決して救いにはならないから。下手をすれば、未練になっちゃう」

それは、苦しい。

可哀想な自分を思う存分憐れみ、心の底から極悪非道な相手を憎み――恨めるほうが絶対にいい。

「……好意的に受け取りすぎじゃない？」

将臣が急須と湯呑を載せたお盆を手に、隣にやってくる。

「そんなことないと思う。その証拠に、修人さんは私が療養休暇中なことを知ってた。しかも、東京にいないことまで。もう会社の同僚じゃないんだよ？　それって、自然と耳に入るものじゃないよね？」

「……！　それは……」

「私がどうしているか、ちゃんと気にかけてくれてたんだと思う。だから、昨日の夜、突然『明日、会って話をしたい』って連絡したのに、すぐに時間を作ってくれた。事業を起こしたばかりでものすごく忙しいはずなのに。それこそ、メールやメッセージでも済ませられたのに」

でも、美優の望みが直接会って話すことだったから。

美優が一番納得する形で決着をつけるために——美優の言うとおりにした。

それは間違いなく彼の誠意だろう。

「それは……」

「もちろんだからって、修人さんがしたことは許されることじゃないし、許す気もない。二人の女性の心を弄んだんだもの」

美優はそう言って、隣の席に腰を下ろした将臣を見てにっこりと笑った。

「でも、もう胸は痛まない。彼とのことはこれで終わり。――そう思えたよ」

きちんと、気持ちに区切りをつけることができた。

もう彼を想って泣くことはない。

「……無理はしてない？」

将臣が心配そうに美優を覗き込む。

「全然！」

美優はきっぱりと首を横に振った。

「それならいいけど……」

「それでね？　そのあと会社に行って退職願を出して、簡単な引継ぎをして、デスクとロッカーを片付けて、預けてあった荷物を引き取ってきたの。それから、部屋に帰って簡単に荷物をまとめて、不動産屋に行ってマンションの解約通知を出してきた」

「えっ!?」

思いがけない言葉だったのだろう。将臣が目を丸くする。

「えっ!?　えっ!?　そ、それって、どういう……？」

「……そして、これを持ってきた」

美優はそう言って、紙袋の中から出した風呂敷包みを将臣の前に置いた。

「何？」

将臣が首を傾げて、風呂敷を解く。

現れたのは、直径十五センチ、高さ十センチほどのアクリルキャニスター。

その中は、梅干しと梅酢で満たされていた。

「これは……！」

「お祖母ちゃん直伝の梅干し。お母さんと同じように、私も毎年漬けてるの」

「っ……！　た、食べていい？」

「もちろん」

将臣は急いで箸を持ってくると、慌ただしくアクリルキャニスターの蓋を開けた。

そして、一つつまんで口に入れる。

「っ……ああ……！」

瞬間、感動に身体を震わせる。

「これだ……！　この味……！」

そして、しっかり味わってから美優を見る。

「これ、どうして……！」

「諏訪さんから聞いたの。『満福亭』のメニューに梅がない理由を。将臣くん、ずっとこの味を探してたんだってね？」

「う、うん。でも……」

「ジャンルとしては『かつお梅』になるんだけど、鰹節と宗田節、鯖節、むろあじ節の四種の混合厚削りから取った強いお出汁を使ってるから、ほかにはない味だと思う」

実際、美優も近い味にすら出会ったことがないから、毎年欠かさず漬けているのだ。

「作り方を教えてあげてもいいけど……」

美優はそこで言葉を切ると、将臣に身体ごと向き直って姿勢を正した。

「それよりも、よければこれからは『満福亭』のために毎年漬けさせてください」

深々と頭を下げてから、まっすぐに将臣を見つめる。

「将臣くんの傍にいさせてください」

突然のプロポーズに、将臣が息を呑んで大きく目を見開く。

「美優、ちゃん……？　それって……」

呆然としたままそう言って、次の瞬間、今にも泣き出しそうに顔を歪める。

「っ……！　美優ちゃんが好きだ……！　どうしても……！」

素早く手を伸ばして美優を引き寄せ、力強く抱き締めた。

「好きだよ！　好きだ！　はじめて声をかけてもらった時から、ずっと！」

すっぽりと美優を包み込んだ腕に、ぐっと力がこもる。

「幼いころは、ただ単純に好きだった。君がいなくなってから……それでも君をずっと忘れられなくて……少し怖くなった。これは精神的な依存なんじゃないかって……」

「依存？」

「つらくて苦しいときに助けてくれた存在を心の拠りどころにしてるだけなのかもって。神さまとか、宗教とかと一緒だよ……」

「ああ……」

その気持ちは、よくわかる。

「高校に上がったら、周りは僕の家庭事情を知らない人ばかりになって、途端にモテるようになった。金を稼ぐようになったら、昔から知ってる人間までが――それこそ僕をいじめていたヤツらまで、いい顔するようになった。そのたびに僕は……」

将臣の声が不自然に震える。

「どんどん、人を信じられなくなっていって……」

「将臣くん……」

「その中で、君だけが綺麗だった……」

「っ……」

その震える声に、美優を包む熱い身体に、力強い腕に、胸が苦しいほど熱くなる。

「思い出を美化して、そうして心の中で作り上げた自分だけの神さまを――ヒーローを神聖視しているだけだって、何度も自分に言い聞かせたよ。お前のそれは恋じゃない。思い出に――あるいは妄想に恋をしているだけだ。現実を見ろって。美優ちゃんだって、昔のままなわけはない。美優ちゃんだって、結局は人なんだって……」

結局は、人――。

その言葉に、将臣の心の傷の深さを知る。

この人は、いったい今までどれだけ傷ついてきたのだろう？

（家族との約束で公正証書まで作るなんて、普通の考え方じゃないもの……）

少なくとも、自然とそんな発想が出るぐらいには傷つき、悲しみ、苦しみ――幻滅し、絶望してきたのだ。

美優は奥歯を噛み締めて、将臣の背中に両手を回した。

その傷を少しでも癒してあげたくて。

「でも、どうしても忘れられない。そして、人に幻滅するたびに想いは募っていった。寂しい！　寂しい！　寂しい！　美優ちゃんに会いたいっ……！」

その血を吐くような叫びに、将臣の背に回した両腕にさらなる力を込める。

その悲しみを、苦しみを、寂しさを、諦めを、少しでも取り除けたらいいのに。

「それで、『満福亭』を作ったんだ。思い出の味とだけでもいいから、また会いたくて。そして……」

「……いつか、再び縁を——絆を結べますようにという願いを込めて」

将臣が『満福亭』に、おむすびに込めた、三つの願い——その三つ目。

美優がポツリと言うと、将臣が首を縦に振る。

「そう、そうなんだ……。だから最初は本当に、客のことなんて一切考えてなかった。思い出の味を再現することだけに専念してたんだ……。でも、そのうちに……少しずつお客さまが来てくれるようになって……。『美味しい』って声をもっと聞きたいって、幸せそうな笑顔をもっと見たいって思うようになって……そして『満福亭』がどんどんかけがえのないものになっていったんだ……」

それこそが、奇跡のはじまり。

「毎日、毎日、丁寧に結び続けた。おむすびを。お客さまとの縁を。そして……」

将臣は美優を抱く腕に力を込め、声を震わせた。

「君に、繋がった……！」

心臓が壊れてしまったかと思うほどの音を立てて、熱く燃え上がる。

一気にあふれ出した想いに美優は身を震わせて、ギュッと目をつむった。

「最初見たときは、信じられなかった。こんなことあるのかって思った」

将臣が少し身を離して、大きな手で美優の頰を撫でる。

美優はゆっくりと目を開けて、熱く蕩けるチョコレート色の眼差しを見つめた。

「しかも、美優ちゃんは何も変わってなかった。相も変わらず人間関係に悩んでいた。自己評価もすごく低いまま。誤解を恐れずに言うと、嬉しくてたまらなかったよ……」

「本当に、誤解を恐れずだね……」

美優は、その——自分だけを映す瞳を覗き込んで、微笑んだ。

「あのときの私は、何も変われていないことがコンプレックスだったから……」

「……そうだね。美優ちゃんは、そんな自分を全力で否定してた。でも僕にとっては、キラキラ輝いて見えたんだ……」

大きな手が、愛しい愛しいと言うように、美優の頰を、髪を撫でる。

「だからこそ、美優ちゃんに自分を裏切ったヤツなんかを想って泣いてほしくなかった。すぐにでも、美優ちゃんの心からそいつを追い出してやりたくてたまらなかった……」

「だから……なんだよね？『僕を助けてくれない？』って言い出したのは……」

そう言って、美優もまた両手で将臣の頬を包み込んだ。

「新幹線の中で考えてたの。将臣くんの、『僕を助けてほしい』って言葉の意味を……。たしかに将臣くんは、お母さんやお姉さんの関心をもう一度失ってしまうことが怖くて、『満福亭』を――やりたいことをやるために二人と交渉することも、距離を置くこともなかなかできなかったんだと思う。だけどそれは、勇気がなかっただけの話だよね？」

実際、将臣は今日、話し合いに一人で臨んだ。

交渉するのに、美優を必要としなかった。

「そりゃ、お母さんやお姉さんが私という〝婚約者〟の存在に危機感を覚えたからこそ、将臣くんの話を聞く気になった部分もあるにはあるだろうけど……」

だけどそれはあれば助かる程度のもので、絶対になくてはならないものではなかったように思う。

「だから、思ったの。あの言葉は私のためだったんだよね？　自分に価値を見出せない私みたいな人間には、他者から求められることがどれだけ救いになるか――将臣くんはよく知っていたから」

「…………」

「そして、一つずつ教えてくれた。他者との付き合い方、向き合い方、私の価値……」

支えてくれた。

寄り添ってくれた。

言葉を尽くしてくれた。

固定概念を壊してくれた。

新しい視点を示してくれた。

美優が他人と向き合えるように。

そして自分とも向き合えるように。

「人の性格においての平凡とはつまり、人として当たり前に持っているべきものを持っているってこと——ちょっとしたカルチャーショックだったよ」

たった十日余りで、考え方がずいぶん変わったように思う。

いや、変わったのは考え方だけじゃない。修人に嫌みを言えるまでになった。

そんなこと、以前は絶対にありえなかった。

美優が得たものは、計り知れない。

美優が将臣を助けるなんてとんでもない。

いつだって、助けてもらっていたのは美優のほうだった。

「将臣くんこそ、私のヒーローだよ」

「……やっぱり、好意的に受け取りすぎだよ」

美優の言葉に、将臣が苦笑して首を横に振る。

「たしかに、僕も自分に価値を見出せなかった人間だから、他者から求められることがどれほどの喜びか……それがどれほどの救いになるか、よく知ってる。でも、違うよ。美優ちゃんのためじゃない。僕のためだ」

そう言って、苦しげに顔を歪める。

「これで終ってしまうのは、絶対に嫌だった。もっと美優ちゃんと一緒にいたかった。だから、咄嗟に『助けてくれない？』なんて言ったんだ。僕の抱える問題を利用したんだ。僕は、美優ちゃんの優しさにつけ込んだんだよ！」

「……！　それは……」

「それだけじゃない！　美優ちゃんの心に僕以外の誰かがいることが許せなかった！　どうしても美優ちゃんを僕のものにしたかった！」

「将臣くん……」

「昨日のことも、問題が解決してしまったら君は離れて行ってしまうって焦ってて……そんなときに、諏訪さんと一緒にいるのを見て……しかも泣いているように見えて……タガが外れてしまった……。理不尽に怒鳴ったりして……みっともない……」

将臣が片手で顔を覆って俯く。

「結局、僕も人だ……。醜い……」

その姿が、昨日の自分と重なる。

将臣の未来、幸せよりも――自分の未来、幸せのことを考えて涙した。

自己嫌悪で吐きそうだった。ああ、本当に、自分はどこまで醜いのだろうと。

（ああ、本当に馬鹿だな……。私……）

諏訪の言うとおり、完全に独りよがりだった。

だって、こんなに嬉しいことはないじゃないか！

美優はクスッと笑うと、将臣の髪をツンと引っ張った。

「それも、計算？」

「え……？」

思いがけない言葉だったのだろう。将臣が顔を上げてまじまじと美優を見る。

その不安げに揺れる目を覗き込んで、美優は笑みを深めた。

「だって私は将臣くんと同じなんだよ？　ずっと自分に価値を見出せなかった人間なの。将臣くん、自分で言ったじゃない。『他者から求められることがどれほどの喜びか……それがどれほどの救いになるか、よく知ってる』って」

「言った……けど……」

「自身の問題を、傷を利用したとしても、私の優しさにつけ込むことになったとしても、私を自分のものにしたいって、どうしても一緒にいたいって思ってくれたんでしょう？　そこまで激しく求められて、嬉しくないわけないじゃない？」

　将臣が目を丸くする。

「卑下するところなんて何もない。将臣くんはただ一心不乱に私を求めてくれただけ。それは最高に嬉しいことだよ」

　美優はそう言って、再び将臣の頬を両手で包み込んだ。

「だから、私をホンモノの婚約者にしてください」

「美優ちゃ……」

「ずっとずっと一緒にいてください」

「っ……」

　将臣がまいったとばかりに首を横に振り、再び美優を抱き締める。

「本当に……どこまでお人好しなんだよ……」

「そりゃあ、そっち方面は筋金入りですから」

　生まれてこのかた、ずっと〝良い子ちゃん〟をやってきたんだから。

そう言うと、将臣が深いため息をつく。

「……そんなんだから、篠原修人とか、僕みたいなのにつけ込まれるんだよ」

その声が本当に悔しそうで、それには思わず声を立てて笑ってしまった。

そうかもしれない。

だけどそれなら、長年〝良い子ちゃん〟をやっててよかったと思う。

「存分につけ込んでください」

美優はクスクス笑いながら、将臣の肩に額をこすりつけた。

いつまでも、いつまでも、一緒にいたいから。

◇＊◇

「うわっ！　この梅干し、美味しい～！」

美優の梅干しを一つ口に入れて、晶が目を丸くする。

「これは……相馬さんが長い間追い求めてたのも納得だわ。めちゃくちゃ美味しいもん。こんな梅干しはじめて食べた」

その隣で、諏訪も「本当だ。美味いな」と唸る。

「ねぇ、これ、いつメニューに入るの？　早くおむすびで食べたい……」

「すみません。数がないので、すぐには無理なんです」

将臣がおむすびを結びながら、申し訳なさそうに言う。

「数がないって？」

「これは去年、私が個人的に漬けたものの残りなので……もう三十個もないいんです」

美優はそう言って、「なので、まだ内緒でお願いします」と唇に人差し指を当てた。

「そうなんだ……。いつごろなら食べられそう？」

「えっと、完熟梅が出回るのが六月中旬以降……質の良いものがすぐ手に入ったとして、それから漬けるわけですから……どう頑張ってもお店で出せるのは早くて八月の終わり、あるいは九月の頭ぐらいになるかと……」

「えーっ！」

「それも、うまくいった場合です。実は私、三キロ以上の量を漬けたことがないので、その……味の調整に不安が……」

「ああ、そっか。一気に大量に作るとなると、今までのレシピだと味が変わってしまう可能性もあるのか」

諏訪がなるほどと頷く。

「はい……。なので、うまくいかなかったら、また来年ってことに……」

「ええっ!?　それは困る！」

晶が「夏まででも待ちきれないのに」と顔をしかめる。

「困るって言ったって……晶ちゃん……」

「いや、この美味しさを知ったあとに一年以上待つことになるとか、拷問すぎでしょ！　無理無理無理！　絶対無理！　我慢できるわけないよ！」

諏訪がたしなめるも、晶は譲らない。

素早く美優の手を取ると、両手でギュウッと握り締めた。

「頑張って！　とにかく頑張って！　めちゃくちゃ応援してるから！」

そのまま身を乗り出し、至近距離から美優の目を覗き込んで、言う。

勢いに押されて、美優はコクコクと首を縦に振った。

「は、はい！　頑張ります！」

「……根性論できた。精神力でなんとかなるものでもないのに」

「……ゴメン。晶ちゃん、わりと何ごとも為せば成るって思ってるところあるから」

おむすびを竹の皮に包みながら、将臣がため息をつく。

諏訪が申し訳なさそうに肩をすくめた。

「……まぁ、それだけ期待していただけるのはありがたいことですけどね」

将臣は苦笑して、カウンターに紙袋を置く。

美優はそれを手に取って、笑顔で晶へと差し出した。

「はい、お待たせいたしました。テイクアウトで、おむすび三つと玉子焼きのセット、二つです」

「あ、ありがとう！」

晶が嬉しそうに手を叩いて、それを受け取る。

そして、「よし！　じゃあ、行こっかー！」と諏訪を見上げた。

「もしかして、デートですか？」

「うん、そう」

諏訪が目を細めて、頷く。

「そのお供に、『満福亭』のおむすびを選んでくださって、ありがとうございます！　いいお天気でよかったですね。楽しんできてください！」

「うん、めいっぱいね！」

晶が輝かんばかりの笑顔で手を振って、二人連れだって店を出てゆく。

その背中を見送って、美優は唇を綻ばせた。

「本当に幸せそう……」

その仲睦まじさは、見ているだけで心がほこほこと温かくなる。

『幸福堂』の二人は、サンドウィッチ以外でも人を幸せな気持ちにしてくれる。

「そうだね……。羨ましい？」

「え……？　うーん……。その言葉はちょっとニュアンスが違うかな」

美優は首を横に振って、晶たちが出て行ったガラス戸を見つめた。

「憧れる」

笑顔の晶とともに在るために頑張る諏訪は、文句なしにカッコイイ。

そして、笑顔で胸を張って「最高に幸せ！」と言える晶もとても綺麗で――素敵だ。

「そっか。じゃあ、僕らも同じぐらい幸せになろうよ」

将臣がそう言って微笑む。

そのとろけるように甘いチョコレート色の眼差しは、まっすぐ美優に向けられている。

美優もまたまっすぐそれを受け止めて、にっこりと笑った。

もちろん、そのつもりだ。

「うん！」

今日も、丁寧におむすびを結ぶ。

そして、お客さまとの縁を結ぶ。

大切な人との絆を結ぶ。

劇的なものは何もない。派手なものも、奇抜なものも。

毎日毎日、地道に同じことを繰り返す——それはとても平凡だ。

でも、それこそが素晴らしい実を結ぶことを、私たちはもう知っている。


二人で続けていこう。

この愛すべき〝平凡〟な毎日を。


カラララと音を立てて、ガラス戸が開く。

美優はキラキラ輝く最高の笑顔で、元気な声を響かせた。

「いらっしゃいませ！」

この物語はフィクションです。
実在の人物、団体等とは一切関係がありません。
本書は書き下ろしです。

烏丸紫明先生へのファンレターの宛先

〒101-0003　東京都千代田区一ツ橋2-6-3　一ツ橋ビル2F
マイナビ出版　ファン文庫編集部
「烏丸紫明先生」係

Fan ファン文庫

ニシキタ満福亭
～かりそめ夫婦のごちそうおむすび～

2022年7月20日　初版第1刷発行

著　者　　烏丸紫明
発行者　　滝口直樹
編　集　　山田香織（株式会社マイナビ出版）
発行所　　株式会社マイナビ出版
〒101-0003　東京都千代田区一ツ橋2丁目6番3号　一ツ橋ビル2F
TEL 0480-38-6872（注文専用ダイヤル）
TEL 03-3556-2731（販売部）
TEL 03-3556-2735（編集部）
URL https://book.mynavi.jp/

イラスト　　ななミツ
装　幀　　山内富江＋ベイブリッジ・スタジオ
フォーマット　　ベイブリッジ・スタジオ
DTP　　富宗治
校　正　　株式会社鷗来堂
印刷・製本　　中央精版印刷株式会社

Fan
ファン文庫

平安陰陽怪異譚

著者／御守いちる
イラスト／加糖

怪異に愛される貴族と彼を守る堅物陰陽師が
都で起きる怪奇事件を解決していく

幼いころから怪異に愛される体質でよく怪奇事件に巻き込まれる頼寿。殺人の嫌疑をかけられた頼寿を助けるべく、友で陰陽師の千景は彼とともに真相を探ることに——。